WISHBOOKS GAME FANTASY STORY

만렙 플레이어 20

비츄 게임 판타지 장편소설

초판 1쇄 찍은 날 | 2019년 11월 14일
초판 1쇄 펴낸 날 | 2019년 11월 21일

지은이 | 비츄
펴낸이 | 예경원

기획 | 위시북스
편집책임 | 이은송
편집 | 위시북스

펴낸곳 | 예원북스
등록번호 | 제396-2012-000132호
등록일자 | 2012. 7. 25
KFN | 제1-488호

주소 | 경기도 고양시 일산동구 호수로 646-24 위너스21II빌딩 206A호 (우)10401
전화 | 031-819-9431 팩스 | 031-817-9432
E-mail | yewonbooks@naver.com

ⓒ비츄, 2018

ISBN 979-11-365-0505-7 04810
　　　979-11-6098-880-2 (set)

※ 파본은 구입하신 서점에서 교환하여 드립니다.
※ 저자와 협의하여 인지를 붙이지 않습니다.
※ 이 책은 예원북스와 저작자의 계약에 의해 출판된 것이므로 무단 전재 및 유포, 공유를 금합니다.
※ 이 도서의 국립중앙도서관 출판시도서목록(CIP)은 서지정보유통지원시스템 홈페이지 (http://seoji.go.kr)와 국가자료공동목록시스템(http://www.nl.go.kr/kolisnet)에서 이용하실 수 있습니다.

WISHBOOKS GAME FANTASY STORY
비츄 게임 판타지 장편소설

20

CONTENTS

1장 나는 마법사다 … 7
2장 변방의 영지 우크라 … 35
3장 특수한 조건 … 61
4장 다시 찾은 지하 땅굴 … 89
5장 너 맛있냐? … 119
6장 될놈될 안될안의 법칙 … 145
7장 묘한 타이밍 … 173
8장 큰 형님 오셨다 … 213
9장 로랑이 꺼내 든 것 … 241
10장 중국은 부자다 … 269
11장 새로운 유산 … 295

1장
나는 마법사다

에르간은 혼란스러웠다. 죽을 것 같았는데, 빌어먹을 적대악 때문에 자신이 희생당하는 줄로만 알았는데.

-축하합니다!
-히든 클래스. '세인트 로드'로 전직합니다.

꽤 오랜 시간, 가만히 있었던 것 같다.
의식 자체는 남아 있었다. 양팔이 저절로 움직이고, 상체가 저절로 움직였다. 적대악이 보였고 마렌과 푸트론도 보였다.
'나는……'
제대로 정리가 되지 않았다. 그렇지만 온갖 정보들이 머릿속에 자연스레 입력되기 시작했다. 마치 원래 알고 있었던 지

식들처럼.

'이곳은 나의 공간.'

세인트 로드의 능력은 정말 엄청났다.

'이 능력이라면 적대악을 죽일 수도 있어.'

단순히 적대악을 죽이는 게 문제가 아니다. 그를 죽이면.

'아이템도 내가 빼앗을 수 있고. 호칭조차도 내가 흡수할 수 있겠지.'

세인트 로드에게는 그러한 능력이 있었다. 게다가 전투형 NPC라 할 수 있는 라리엘을 부릴 수 있는 권능까지도 주어졌다.

'라리엘도 마음에 들고.'

적대악만 처리하고 나면 라리엘과 뜨거운 시간을 보내도 되겠다는 생각이 들었다.

실제로, 과거 라리엘의 주인이 웜 킹과 웜 퀸이라는 애완충(?)에 빠지기 전까지는 라리엘과 잠자리도 여러 차례 가졌었다는 그런 정보들이 머릿속에 입력되었다.

'이곳에…… 나를 위한 무구가!'

또한 세계 12대 초인의 아이템이 이곳에 잠들어 있다고 했다.

-'성스러운 무덤'에 침입자가 존재합니다.
-세인트 로드의 첫 번째 퀘스트가 주어집니다.
-퀘스트. '침입자를 처단하라'가 활성화됩니다.

자신이 NPC화된 것도 좋았다. 플레이어일 때보다 훨씬 더 마나의 흐름이 잘 보였다. 특별한 스킬을 운용하고 있는 것도 아닌데. 정말로 NPC가 된 것 같았다.

'놈들을 죽이고.'

그러고서.

'세계 12대 초인의 아이템. 그리고 적대악의 아이템들까지.'

전부 자신이 가지기로 했다.

'이 정도면 절대악도 두렵지 않겠어.'

절대악도 두렵지 않다. 하물며 적대악은? 적대악 따위, 지금 자신이 가진 힘이라면 충분히 이겨낼 수 있을 것 같다.

'몸은 언제 움직이는 거지?'

아직 신체의 재구성이 끝나지 않았단다. 시간이 좀 더 필요할 것 같았다.

세인트 로드, 에르간은 자신의 능력과 스킬들을 다시 한번 살펴봤다. 정보들이 머릿속에 입력되기는 했으나, 직접 스킬창들을 확인했다. 그중, 지금 상황에 딱 맞는 스킬이 있었다.

'이거다.'

에르간이 스킬을 사용했다.

"리버스 어빌리티."

그 스킬에 한주혁조차도 감탄했다. 이런 게 가능할 줄은 몰랐다.

에르간이 웃음을 보이며, 굉장히 여유롭게 말했다.

"어떠냐?"

"음, 이런 게 가능할 줄은 몰랐어."

한주혁도 놀랐다.

-세인트 로드의 권능. '리버스 어빌리티'가 플레이어에게 영향을 끼칩니다.

-세인트 마나 컨트롤이 저항합니다.

-저항에 실패하였습니다.

대마법사라 할 수 있는 베르디조차도 놀라워했던 마나 컨트롤 능력이 바로 세인트 마나 컨트롤이다. 그 마나 컨트롤의 저항이 뚫렸다.

"네 속성은 성 속성이지. 그런데 과연, 지금도 성 속성일까?"

"……."

한주혁에게 알림이 이어졌다.

-리버스 어빌리티에 의하여 플레이어 앤서가 가진 키워드가 변화합니다.

-리버스 어빌리티에 의하여 일시적으로 '성 속성' 키워드가 '악 속성' 키워드로 변화합니다.

일시적으로 키워드 자체가 변했단다. 한주혁에게 알림이 굉장히 많이 들려왔다.

'신기하네.'

이런 능력이 있다니.

"어떠냐? 이제야 나의 위대함을 조금 알겠냐?"

"……."

한주혁이 대답하지 않자 에르간은 더더욱 기고만장해졌다. 에르간이 보기에 한주혁은 지금 당황했다. 아무것도 못 하고 있는 것처럼 보였다.

"그래그래. 네가 강했던 건 네 능력과 속성의 궁합이 잘 맞았기 때문이지."

적대악의 진클래스명은 모른다. 그렇지만 속성은 안다. 성 속성이다.

"과연 그 성 속성이 정반대인 악 속성으로 변했을 때에도 네 힘이 온전히 발휘될까?"

에르간이 흐흐흐 웃었다.

이런 거다. 아무리 총을 잘 쏘는 사람이어도, 그 총이 활로 바뀐다면? 시력이나 집중력, 기본 피지컬이 좋아도 종목이 완전히 달라지는 것이다. 축구 선수에게 축구공이 아닌 골프공이 주어진다면? 피아노 연주자에게 바이올린을 준다면? 지금 에르간의 능력이 그와 비슷했다.

"이게 바로, 세인트 로드가 가진 힘이다."

그러니까.

"잠자코 아이템을 내놓고 사라져라."

물론 쉽게는 죽이지 않을 거다. 감히 자신을 '성스러운 관'에 밀어 넣지 않았던가. 그 치욕스러운 순간을 에르간은 잊을 수가 없었다.

"라리엘. 주인님을 위해 침입자들을 처단하겠어요."

라리엘이 소환해 낸 하얀색 창들이 한주혁을 향해 쏘아졌다. 한주혁은 그걸 잠자코 보기만 했다.

에르간이 주먹을 불끈 쥐었다.

'놈이 반응조차 못 했다!'

확실히 라리엘의 능력은 대단했다. 저 성창, 절대악이 구사하는 마창과 비슷한 능력인 것 같다.

성창이 엄청난 속도로 적대악을 향해 쏘아졌다.

'모든 마나 흐름이 뒤엉킨 네놈이, 과연 피할 수나 있을까?'

피할 수 없을 거다. 지금 당장만 해도, 반응조차 못 하고 있지 않은가.

한주혁에게 알림이 들려왔다.

-루덴의 천 갑옷이 성 속성 공격에 반응합니다.
-말카노의 귀걸이가 성 속성 공격에 반응합니다.
-루덴의 천 갑옷이 성 속성 공격으로부터 플레이어를 보호합니다.
-말카노의 귀걸이가 성 속성 공격으로부터 플레이어를 보호

합니다.

세계 12대 초인의 아이템들. 본래 악 속성 공격을 막아내는 데 탁월한 성능을 가진 '신급' 아이템들이 그 빛을 발하기 시작했다.

한주혁과 관련된 모든 '성 속성' 키워드가 '악 속성' 키워드로 변하면서 한주혁이 걸치고 있는 아이템에도 모두 영향을 끼친 덕분이다.

한주혁의 몸에 하얀색 창이 꽂혔다. 에르간이 크게 웃었다.

"크하하하하하!"

그는 기분이 굉장히 좋았다. 반응조차 못 하는 적대악. 이건 너무 통쾌하지 않은가.

그렇다. 이것이야말로 세인트 로드의 힘이다. 적대악쯤은 아무렇지도 않게 뭉개 버릴 수 있는 힘 말이다.

"어떠냐?"

에르간은 이렇게 생각했다. 아마 대답을 들을 수 없을 거라고 말이다. 왜냐하면 적대악은 이미 죽어 있을 테니까. 모든 키워드가 악 속성으로 변화한 지금, 라리엘의 공격을 효율적으로 막아낼 수 있는 수단 따위는 없을 테니까.

그런데 태평한 목소리가 들려왔다.

"뭐가?"

순간 정적이 흘렀다. 공격을 했던 당사자인 라리엘, 방금까지 크게 웃던 에르간, 긴장하며 상황을 지켜보던 마렌과 푸트론 모두 아무 말도 하지 못했다.

에르간은 이 상황을 믿을 수 없었다.

"라리엘. 지금 뭘 하는 거냐? 똑바로 못 해?"

"죄송해요, 주인님. 라리엘. 주인님을 위해 반드시 침입자를 죽여 버릴게요."

라리엘의 귓가에 있는 깃털이 붉어졌다. 그녀의 등 뒤로 또다시 성창들이 생겨나기 시작했다. 그리고 그녀의 손에 하얀색 검이 생겨났다.

한주혁이 그 검에 집중했다.

'검?'

마나로 이루어진 검이다.

'그럼 나도 검.'

한주혁이 검을 꺼내 들었다. 세간에는 잘 알려져 있지 않은 성검 세니아다. 다만, 이 역시 '악 속성'으로 일시 변환되어 있어서 성검 세니아처럼 보이지 않았다. 검은 색깔을 띠고 있는 검으로 보일 뿐.

그 모습을 보며 에르간이 배를 잡고 웃었다. 낄낄거렸다.

"검? 지금 라리엘 앞에서 검을 든 거냐?"

아까는 조금 당황하기는 했다만, 지금은 상황이 완전히 다르다.

"너. 마법사잖아?"

마법사치고 신체 스탯이 타의 추종을 불허하는 게 맞기는 하다. 그런데 상대는 상급 NPC인 라리엘이다.

적대악조차도 지금 어찌하지 못하고 있지 않은가? 만약 라리엘이 만만했다면 지금 이미 달려들어서 주먹을 뻗고 있었을 거다. 에르간은 그렇게 확신했다.

"마법사가 마법을 못 쓰니. 답답할 수밖에."

그래서 궁여지책으로 검을 꺼내 든 게 틀림없었다. 성 속성 마법사가 악 속성 마법을 잘 구사할 수 있을 리 없지 않은가.

한주혁은 딱히 대답하지 않았다. 솔직히 말하면 여유롭게 대답하지는 못했다.

'빨라.'

파천보법을 펼치지 못하고 있는 상황에서, 신체 스탯만 가지고서 싸워야 한다.

'성창도 거슬리고.'

다행인 것은 세계 12대 초인의 아이템들이 라리엘의 성창 공격을 쉽게 막아내고 있다는 것. 그렇지만 움직임 자체에 제약이 아예 없는 것은 아니었다.

라리엘의 검이 눈에 보였다. 한주혁이 몸을 뒤틀어 피했다. 그리고서 검을 내뻗었다.

에르간의 심장이 쿵쿵대기 시작했다.

'라리엘의 검은, 모든 것을 잘라 버릴 수 있는 검이다.'

더더군다나 상대가 악 속성이라면. 저 아이템이 악 속성의 무언가라면.

'악 속성에 대해서는 더욱 탁월한 힘을 발휘하지.'

운 좋으면 저 적대악 놈의 검을 잘라 버리고, 놈의 가슴까지 관통해 버릴 수 있을 거다. 분명히 그럴 수 있을 거다.

'죽어!'

그렇게 생각했는데 이상했다.

'어?'

정말 이상했다. 에르간만 이상하다고 생각한 게 아니었다. 마법사인 푸트론이 두 눈을 비볐다. 두 눈을 꿈뻑거렸다.

'지금 격돌에서…… 적대악이 이겼다?'

전투형 NPC라 짐작되는 라리엘과 페널티를 잔뜩 지고 있는 적대악의 전투.

'라리엘의 검이 잘려 나갔다고……?'

그것도 검과 검의 전투에서 적대악이 이겼다. 라리엘의 검이 잘려 나갔다. 한주혁의 가슴이 아니라, 라리엘의 가슴에 검이 닿았다. 라리엘의 H/P가 30퍼센트 가까이 떨어졌다. 특수한 회복 능력이라도 있는 건지, 금방 수복되기는 했지만 말이다.

'이게 무슨……?'

방금 적대악이 들고 있던 검에서 검은색 빛이 번쩍하는가 싶더니, 이런 일이 벌어졌다.

라리엘이 황급히 날개를 펼쳐 뒤로 물러섰다.

"너…… 대체 무슨 짓을 한 거지?"

"내가 운 좋게도, 좋은 악 속성 아이템을 하나 갖고 있어서 말이야."

물론 악 속성 아이템이 아니다. 성 속성의 신급 아이템인 성검 세니아다. 지금은 악 속성의 악검 세니아가 되었지만.

성검 세니아에는 특수 능력이 있다.

-특수 능력: '어둠을 베다' 사용 가능.

이것이 지금은.

"빛을 베다라고 알아?"

빛을 베다라는 완전히 반대 속성의 스킬로 발현되었다.

라리엘의 날개가 조금 움직였다. 그와 동시에 바람이 일었다.

마렌과 푸트론은 제자리에 굳어서 움직이지도 못했다. 눈으로는 저들의 전투가 보이지 않았다.

"당연히 모르겠지. 내가 전에 특사로 갔을 때 절대악한테 받은 거거든."

"시끄러워!"

라리엘이 날개를 펼치고 달려들었다. 근접 전투가 벌어졌다. 마렌은 이 상황을 이렇게 표현했다.

'미쳤다.'

미쳤다고밖에는 표현할 수 없었다. 뭔 놈의 마법사가 저렇게 싸울 수 있나 싶다. 눈에 거의 보이지 않았다.

당사자인 한주혁도 라리엘에게 약간 감탄했다.

'내가 파천보법 같은 걸 사용 못 한다지만.'

그런데도 이렇게 밀릴 줄은 몰랐다. 지금 라리엘은 맨주먹으로, 자신은 검을 들고 싸우고 있다.

'내가 딱히 이렇다 할 검법을 갖고 있지 않다고는 해도.'

그래도 라리엘의 능력은 발군이었다.

'유효타도 내가 더 많이 맞고 있어.'

단순 스탯만으로 찍어 누를 수 없는 NPC형 보스 몬스터라는 소리다.

'만약 루덴의 천 갑옷과 말카노의 귀걸이. 그리고 성검 세니아가 없었다면……'

그렇다면 이 전투의 결과가 어떻게 되었을지는 모를 일이다.

에르간이 버럭 소리를 질렀다.

"뭐 하는 거야! 이 멍청한 년아!"

자신의 위대한 능력. 리버스 어빌리티까지 써가면서 서포트를 해줬건만. 저런 적대악 하나 못 죽이고 뭘 하는 건지 모르겠다. 이건 자신의 잘못이 아니다. 라리엘이 못하고 있는 거다.

"이 등신 같은 계집년아! 얼른 저놈을 죽여 버리란 말이야!"

그 말에 라리엘이 반응했다. 아주 잠시 멈칫한 라리엘에게 아주 작은 틈이 생겼다.

그때 에르간도, 라리엘도 상상하지 못했던 일이 벌어졌다.

"내 클래스가 마법사인 거, 잊었냐?"

적대악의 말과 함께.

한주혁은 마법사다. 마렌이나 푸트론이 보기에는 결코 마법사라 볼 수 없었지만, 어쨌든 기본적으로 마법사가 맞기는 맞다. 마법사치고 신체 스탯이 너무 우월할 뿐.

마법사 한주혁이 마법을 실험해 봤다.

'어디 한번.'

-스킬. 세인트 홀을 사용합니다.

그런데 이 세인트 홀 역시도 에르간이 발현한 '리버스 어빌리티'의 영향을 받았다.

-리버스 어빌리티가 세인트 홀에 영향을 끼칩니다.
-스킬. 세인트 홀이 데블 홀로 전환되어 사용됩니다.

데블 홀로 전환된 세인트 홀이 바로 발현되지는 않았다. 몇 단계를 거쳐야 하는 것 같았다.

-플레이어 앤서의 기본 마나 속성을 판단합니다.

한주혁은 베르디의 제자다. 기본적으로 악 속성의 마나를 가지고 있다. 그러한 마나를 토대로 성 속성의 호칭과 클래스를 가져서, 성 속성의 기술들을 사용한다. 약간은 기형적인 형태의 플레이어라 할 수 있다.

-플레이어의 기본 마나 속성은 '악 속성'입니다.

한주혁은 거기서 재미있는 사실을 깨달았다. 리버스 어빌리티가 한주혁이 가지고 있는 '성 속성' 키워드를 '악 속성'으로, 그리고 '악 속성' 키워드를 '성 속성'으로 설정해 버린 것은 맞다.
'그런데 내가 가진 기본 마나의 성질까지는 못 바꾸는 것 같네.'
신체 자체는 못 바꾼 것 같다.
'맞네.'
만약 그렇게 되었다면 '적대악'도 '적대성' 정도의 이름으로 바뀌었어야 맞다. 리버스 어빌리티가 어디까지 영향을 끼치고, 또 어디까지 영향을 끼치지 않는지에 대해 구체적으로 확인할 수는 없었다.
에르간이 윽박지른 덕택에 라리엘에게 약간의 틈이 발생하고는 있었지만, 그 틈이 그렇게 길지는 않았으니까.

-데블 홀이 발현됩니다.
-플레이어 앤서와 데블 홀의 상성을 확인합니다.

그랬더니.

-플레이어의 기본 마나와 스킬이 시너지 효과를 발생시킵니다.
-일시적으로 데블 홀이 앱솔루트 데블 홀로 승격됩니다.
-스킬. 앱솔루트 데블 홀이 발현됩니다.

에르간이 사용해 준 '리버스 어빌리티'가 한주혁에게 커다란 버프를 준 셈이다.

'뭐야, 이건?'

한주혁도 놀랐다. 앱솔루트 데블 홀이라니.

'이걸 반대로 표현하면……. 내가 원래 사용했던 세인트 홀은 가짜인가?'

어쩌면 그럴 수도 있을 것 같다. 기본 속성인 악 속성 마나를 가지고 세인트 홀을 사용했었다. 만약 자신의 속성이 정말로 성 속성이었다면, 진짜 세인트 홀을 사용할 수 있었을지도 모른다.

'그리고…… 데블 홀이야말로, 진짜 나한테 딱 맞는 스킬이고.'

앱솔루트 데블 홀. 그 모양새는 세인트 홀과 그렇게 다르지 않았다.

곧 허공에 검은색 구체가 생겼다. 마렌은 그 검은색 구체를 올려다봤다.

'저, 저건 또 뭐야?'

보고 있는데, 그냥 보고만 있는데도 불길했다. 마치 악마의 구슬이 땅에 강림한 것 같았다.

데블 홀이 라리엘과 세인트 로드인 에르간에게 영향을 끼치기 시작했다.

에르간이 소리쳤다.

"무, 무슨 짓을 한 거냐!"

한주혁이 어깨를 으쓱했다.

"나는 세인트 홀을 쓰려고 했는데, 너 때문에 이상한 데블 홀이 되어버렸어."

사실 이상한 건 아니고, 더 좋은 데블 홀이 되었다. 한주혁이 엄살을 부렸다.

"마나 충돌 때문에 효과가 엄청 약해졌잖아, 짜식아."

효과가 엄청 약해져서 앱솔루트 데블 홀이다. 푸트론은 거기서 깨달을 수 있었다.

'적대악이 여유롭게 대화를 할 수 있다?'

여태까지는 그러지 못했다. 라리엘의 공세가 워낙에 강맹했기 때문에 여유가 없었기 때문이다. 하지만 이제는 여유가 생긴 것 같다.

'어째서? 라리엘은?'

푸트론이 라리엘에게 시선을 옮겼을 때, 그는 질겁하고 말았다.

'저, 저게 뭐야?'

아름답기 그지없던 라리엘의 몸이 뜯겨져 나가고 있었다.

발끝에서부터. 그리고 손끝에서부터.

그런데 뜯겨 나가는 모양이 굉장히 기괴했다.

'구더기?'

저건 분명히 구더기들이다. 손끝, 발끝부터 뜯겨 나가고 있는데, 그곳에서 구더기들이 피어오르고 있었다.

'저건……!'

저 악마의 구슬 같은 것의 영향인가?

'아냐, 그게 아냐.'

악마의 구슬은 그렇게 강렬한 힘을 발생시키지는 않았다. 은은하게 에르간과 라리엘을 잡아당기고 있을 뿐이다.

'에르간은 비교적 괜찮은데…….'

에르간에게서는 구더기가 보이지 않고 있다. 결국 이것은 저 악마의 구슬 같은 것의 힘이 아니라, 라리엘의 신체가 원래부터 구더기로 만들어져 있다는 것을 뜻했다.

마렌은 참지 못하고 구역질을 했다.

"우웨엑."

구더기 수백 마리가 자신의 얼굴에 들러붙었기 때문이다. 일반 구더기가 아니었다. 냄새가 굉장히 역했다. 참을 수 없을 만큼 썩은 내가 났다.

라리엘의 신체 여기저기가 뜯겨져 나갔고, 그 상처 사이사이로 구더기들이 꾸물거렸다.

"주인님."

라리엘이 에르간을 향해 기어갔다. 데블 홀의 영향 때문인지, 굉장히 힘겹게 기었다.

"주인님. 아, 나의 주인님."

라리엘은 자신의 죽음을 직감한 것 같았다. 그녀는 한주혁에게서 시선을 아예 거둬 버렸다. 그녀의 시선은 오로지 에르간만을 향했다.

"주인님."

라리엘의 눈에서 눈물이 뚝뚝 떨어졌다. 그 눈물이 사실 눈물이 아니라 구더기이기는 했지만 어쨌든 눈물이 흘러내렸다.

"주인님의 아이를 갖고 싶었는데."

에르간을 향해 기어가던 라리엘의 몸이 완전히 사라졌다. 바닥에 꾸물거리던 수천, 수만 마리의 구더기들도 검은색 재가 되어 없어졌다.

앱솔루트 데블 홀은 세인트 홀처럼 다이나믹한 연출은 없었다. 오히려 훨씬 조용했고, 훨씬 정돈된 힘이었다.

'세인트 홀이 악 속성 개체를 빨아들인다면, 데블 홀은 성 속성 개체를 빨아들이는 건데.'

보아하니.

'에르간의 클래스 등급이 굉장히 좋은 건가 보네.'

세인트 로드의 힘이 생각보다 뛰어난 것 같다.

'라리엘을 집어삼키는데 30초도 안 걸렸는데 에르간이 버티고 있다니.'

한주혁은 라리엘의 힘을 직접 경험해 봤다. 상당히 강했다. 플레이어들과는 차원이 다른 힘을 갖고 있었다.

'악 속성 힘에 상당한 내성을 갖고 있는 모양이야.'

그래도 괜찮다.

"세인트 로드. 직접 전투 클래스는 아니지?"

현재 허공에는 앱솔루트 데블 홀이 떠 있는 상황. 세인트 로드의 저항력이 아무리 좋다고 할지라도, 아예 영향을 안 받을 수는 없다. 라리엘처럼 소멸되지 않을 뿐. 그냥 버티고 있을 뿐이다.

한주혁은 에르간에게 또 다른 마법을 사용하기로 했다.

"손맛이 제 맛이라고 아냐?"

베르디가 특별히 한주혁을 위해 만들어준 마법이다. 공용 마법에 가까운 마법. 특별히 마나의 속성에 영향을 받지 않는 마법.

"나 마법사야."

마법사는 마법으로 싸우는 법. 이 얼마나 효율적인 전투란 말인가. 허공에 뜬 앱솔루트 데블 홀이 에르간을 꼼짝달싹 못하게 만들어놓고, 마나 소모가 크지 않은 공용 마법으로 세인트 로드를 공격한다.

"마법사는 이렇게 싸우는 거지."

그 말에 푸트론은 외치고 싶었다. 거짓말! 당신이 무슨 마법사야! 진심으로 그렇게 외치고 싶었다. 저게 마법사라면, 이 세상 마법사들은 다 혀 깨물고 죽어야 한다. 푸트론은 정말로 그렇게 생각했다.

'저게 무슨 마법사야.'

마법사가 아니라.

'저건…… 마검사도 아니고. 격투법사도 아니고.'

도대체 뭐라고 정의를 내려야 할지 모르겠다. 그냥 다 잘하는 인간이 마법까지 잘하는 느낌이랄까.

-스킬. 손맛이 제 맛을 사용합니다.

파란 손바닥. 그리고 빨간 손바닥이 모습을 드러냈다. 마렌은 그걸 보고서 저도 모르게 뒷걸음질 쳤다. 슬슬 뒷걸음질 친 마렌은 푸트론의 뒤에 숨었다.

'저…… 저 끔찍한……!'

마렌은 안다. 저것의 엄청난 고통을. 저건 두 번 다시 보고 싶지 않다. 세상에서 제일 싫어하는 색이 빨간색과 파란색이다. 저 두 개가 같이 있는 게 제일 싫고 제일 무섭다.

에르간이 자신에게 다가오는 커다란 손바닥 두 개를 보며, 이를 악물고 말했다.

"소용없다."

"그래?"

"이곳은 나의 영역이니까. 너는 지금 큰 실수를 하고 있는 거야."

"정말?"

세인트 로드. 성스러운 무덤의 주인인 에르간이 스킬을 발현하려 했다.

-스킬을 사용할 수 없습니다.
-앱솔루트 데블 홀의 영향으로 인하여 마나가 동결됩니다.

방어 스킬을 사용할 수도, 공격 스킬을 사용할 수도 없었다. 에르간은 그저 죽지 않고 버티는 것만 가능했다.

"스킬 쓰려고 한 거 아니냐?"

한주혁은 거기서 또 깨달을 수 있었다. 허공에 떠 있는 저 구체.

'단순히 잡아먹는 게 아니라.'

스킬 사용까지 막아버렸다.

'마나 동결까지 되는 건가?'

모르기는 몰라도, 세인트 홀보다 더 넓은 범위에 걸쳐서 영향을 끼칠 수 있을 것 같다. 성 속성 개체를 상대로는 사기적인 능력을 발휘한다고 할 수 있을 것 같았다.

'와, 이걸 반대로 생각하면……'

자신이 아닌 다른 누군가. 정말로 정통 성 속성을 가진 누군가가 세인트 홀을 제대로 익혔다면?

'그러면 앱솔루트 세인트 홀이 되었겠네.'

앱솔루트 세인트 홀로 무장한, 진짜 제대로 된 성좌들과 적대악. 그리고 제국이 함께 편을 먹고서 절대악과 싸웠다면.

'지금보다 훨씬 힘들어졌겠어.'

따지고 보면 정말 다행이라 할 수 있었다. 앱솔루트 데블 홀을 보면서 그걸 다시 한번 느꼈다. 내가 적대악이라 다행이다.

'클래스 융합. 뭐 이런 거 없나.'

나중에라도 그런 게 생긴다면 참 좋지 않겠는가. 앱솔루트 데블 홀, 정말 탐나는 스킬이다. 저 스킬을 절대악이 되어 제대로 사용할 수만 있다면 대규모 집단전에서 아수라파천무와 함께 엄청난 궁극기가 될 것 같았다.

'그런 거 되면 좋겠다.'

세인트 로드는 NPC화가 진행될 만큼 굉장히 특별한 클래스인데. 지금 힘도 못 쓰고 당하고 있다.

"으아아아아아악!"

빨간 손바닥. 그리고 파란 손바닥. 두 개의 손바닥은 세인트 로드를 공격했다. 더 직설적으로 표현하자면 후려 팼다.

"응. 주인님. 맞자."

그와 동시에 에르간은 극도의 공포를 경험했다. 매 앞에 장사 없다는 말이 사실이었다.

"아. 지금 가만 보니, 엄살이 아니네?"

지금 에르간은 NPC화가 이루어진 상태. NPC는 이곳의 주민이다. 플레이어처럼 고통이 반감되지 않는다. 고통을 그대로 받는다는 뜻이다.

"NPC는 맞으면 더 아프잖아."

그 말에 마렌이 찔끔 놀라 또다시 푸트론 뒤에 숨었다. 에르간이 목에 핏대를 세우며 절규했다.

"저, 절대로. 절대로 널 용서하지 않겠다!"

마렌은 저 모습을 이미 겪어봤다. 자신이 그러지 않았는가. 처음에는 저렇게 절규했었다. 하지만 이내 찾아온 것은 항복이었고 평안이었다.

'그냥 포기하는 게 편해.'

그럴 거라고 생각했다. 그렇지만 상황은 그렇게 예상한 대로 진행되지 않았다.

"반드시. 반드시 네놈을 죽여 버리겠다……! 델리트는 물론이거니와 현실에서도 살아남지 못할 거다!"

그 말과 함께 에르간이 사라졌다.

한주혁도 조금 놀랐다.

"어라?"

분명 앱솔루트 데블 홀의 영향권 안에 있었을 텐데. 그런데 어떻게 도망쳤는지 모르겠다. 아마 도망과 관련된 어떤 특수한 권능이 있는 것 같다.

한주혁이 씨익 웃었다.

'1회에 한해서 도망을 칠 수 있다든지.'

뭐 그러한 형태의 권능을 가지고 있는 것 같았다. NPC화된 것에 대한 일종의 안전장치 같은 것이랄까.

'뭐, 어쨌든 좋아.'

아쉬워하지는 않기로 했다. 어차피 설정상 한 번쯤 도망칠 수 있게 되어 있었다면, 지금은 세인트 로드를 잡을 수 없도록 설계된 건지도 모른다. 히든 던전인 '성스러운 무덤' 자체가 그렇게 설계되어 있었다면, 만약 제대로 된 공격을 퍼부었다 해도 소용없었을 거다.

'그걸 아쉬워하기보다는.'

지금의 보상에 집중하기로 했다.

-'성스러운 무덤'의 클리어 보류 판정이 해제되었습니다.
-'성스러운 무덤'을 클리어하였습니다.
-'성스러운 무덤'의 클리어 보상이 주어집니다.

'오······!'

한주혁은 클리어 보상을 확인했다.

'세계 12대 초인의 아이템?'

좋다. 아주 좋다.

'성좌 퀘스트 던전이 맞았네.'

다른 성좌들이 왔다면 사이좋게 오손도손 나눠 가졌을지도 모르겠다. 그렇다면 누군가 관 속으로 들어가고 서로 싸우는 상황은 발생하지 않았을 수도 있다.

'어쨌든…… 또 먹었다.'

결과적으로 또 다른 세계 12대 초인의 아이템이 하나 주어졌다.

그런데 그것을 제대로 확인하기도 전. 또 다른 보상 알림이 들려왔다.

완전히 새로운 형태의 보상이 말이다.

2장
변방의 영지 우크라

  일단 세계 12대 초인의 아이템이 보상으로 주어졌다. 아이템의 이름은 '세인트 로드의 비즈'. 하얀색 구슬 형태의 아이템이었다.
  이 아이템을 확인하기도 전에, 새로운 알림이 이어졌다.

  -'성스러운 무덤'의 주인이 고유 권능을 사용하여 도망친 것이 확인됩니다.
  -압도적인 무력으로 성스러운 무덤의 주인을 성스러운 무덤의 밖으로 쫓아냈습니다.

  단순히 죽인 게 아니라, 도망치게 한 것이 어떠한 조건을 만족시킨 것 같았다.

-특수 보상. 벨리칸의 깃털을 획득할 기회를 얻습니다.
-특수 보상. 벨리칸의 깃털을 획득하기 위한 조건을 확인합니다.
-특수 보상. 벨리칸의 깃털은 성 속성의 호칭/클래스를 보유한 자에게만 주어집니다.

한주혁에게 '리버스 어빌리티'를 사용한 주체인 세인트 로드 에르간은 도망치고 없는 상태. 리버스 어빌리티의 효과가 풀린 상태다.
한주혁은 현재 적대악이자 세인트 가드의 호칭을 가진 성 속성의 플레이어.

-특수 보상. 벨리칸의 깃털을 획득합니다.

일단 한주혁은 '특수 보상'이라는 말을 처음 듣는다. 여태껏 올림푸스를 플레이해 오면서 온갖 보상이란 보상들은 다 얻어봤는데도 그렇다.
'이게 뭐지?'
큰 보상이 무려 두 개다. 하나는 세인트 로드의 비즈. 또 하나는 벨리칸의 깃털.
'인벤토리.'
인벤토리를 열어 확인했다.

<벨리칸의 깃털>

정확한 정보를 확인할 수 없습니다. 마계와 관련이 있어 보입니다.

'설명이 거지 같네.'

정확한 정보를 확인할 수 없는 아이템이다. 마계와 관련이 있다는 키워드만 알았다.

'여기는 성좌 퀘스트 던전인데.'

세계 12대 초인의 아이템을 줬고, 에르간이 이곳을 찾아왔다는 것에서 성좌 퀘스트 던전일 확률이 매우 높다.

'그런데 어째서 마계와 관련된 아이템이 나오지?'

그것도 '특수 보상'이라는 거창한 이름을 달고서 말이다.

'뭔가……. 내가 모르는 게 있어.'

분명히 그렇다. 작게는 절대악 대 7개의 성좌로 시작했던 성과 악의 대치 구도 스케일이 점점 커지고 있다. 성좌 퀘스트 던전에서 마계와 관련된 아이템이 특수 보상으로 주어진 것 역시, 분명 어떤 연결 고리가 있을 거다.

'재미있네.'

역시 큰 시나리오 퀘스트를 진행해 나가는 게 재미있다.

'이래야 게임이지.'

한주혁은 재미있다고 느꼈다. 현실과 같고, 어쩌면 현실보다 더 삶에 영향을 끼치는 세계인 것은 맞지만 어쨌든 올림푸스가 게임 세계인 것은 맞으니까.

마렌이 조심스레 물었다.

"저…… 적대악 님……?"

저, 그런데. 여기서는 언제 빠져나가나요? 이제는 용암에 쫓기지 않아도 되나요? 100미터 넘는 괴물은 없나요? 관 속의 시체가 막 움직이거나 그러지는 않겠죠? 구더기가 형상을 이룬 천사가 창을 쏘아대며 검을 휘두르지는 않겠죠? 그렇겠죠?

마렌의 말투가 극도로 공손해졌다.

"……저 이제 집에 갈 수 있어요?"

"조용히 해봐."

"그럼요. 당연히 조용히 해야죠."

마렌은 벽에 등을 기대고 섰다. 한주혁이 시킨 것도 아닌데 알아서 차렷 자세를 하고 섰다.

한주혁은 그런 마렌에게 딱히 눈길을 주지 않았다. 지금 마렌이 중요한 게 아니니까.

'그러면…… 세인트 로드의 비즈는 뭐냐?'

이번에도 세계 12대 아이템의 효과를 톡톡히 봤다. 이 아이템들은 정말 좋은 아이템이다. 가격을 매길 수조차 없을 정도로, 그 가치가 무궁무진한 아이템.

〈세인트 로드의 비즈〉

세계 12대 초인 중 한 명. 세인트 로드라 불렸던 수집가 엔드라움의 유품. 달빛의 기운을 품고 있다.

등급: 신

내구력: 해당 사항 없음

옵션:

1) 리플렉션.

특이한 점은 내구력이 해당 사항 없음이라는 것. 그리고 다른 세계 12대 초인의 아이템들과 다르게 옵션이 하나뿐이라는 것. 또 하나는 세계 12대 초인 누군가가 사용했던 아이템이라는 설명이 아니라, 유품이라는 설명이 있다는 것.

'상세설명.'

<상세설명>

세계 12대 초인 중 한 명이었던 세인트 로드 엔드라움의 장례식은 성전 발발 7일 전에 이루어졌습니다. 장례식은 엔드라움의 유언에 따라 달빛의 연인의 주도 아래 이루어졌고, 세인트 로드의 비즈는 엔드라움의 관 속에서 발견된 유품입니다. 세인트 로드의 비즈가 어떻게 만들어졌는지는 알 수 없습니다만 세니아의 눈물과 엔드라움의 정기, 보름달의 달빛이 만나 형태를 이루었다고 추정됩니다.

세인트 로드의 비즈는 또 다른 세계 12대 초인 중 한 명인 구마도스가 처음 발견하였으며, 구마도스가 착용하였던 아이템이기도 합니다.

세계 12대 초인의 아이템답게, 거창한 배경 설명을 가진 아이템이었다. 그 설명에 익히 알고 있는 이름들이 등장했다.
'달빛의 연인.'
바로 세니아와 루폰테를 뜻하는 말이다.
'그 둘의 주도로 이루어진 장례식에서…… 이 아이템이 생성되었고.'
그 아이템을.
'내 첫 번째 초인 아이템의 주인이었던 구마도스가 이걸 착용했다고?'
사용하지는 않은 것 같다. 사용했다면 이 세상에 '세인트 로드의 비즈'는 존재하지 않았을 테니까. 리플렉션이라는 옵션 딱 하나 있는 이 구슬은, 말 그대로 또 다른 생명이나 다름없었다. 리플렉션을 클릭해 보니 리플렉션에 대한 상세설명이 머릿속에 입력되었다.
'H/P의 80퍼센트 이상을 한꺼번에 떨어뜨릴 수 있는 공격. 악 속성 공격. 1회에 한해 데미지를 반사. 그것도 무려 두 배로.'
한주혁은 순간, 머리카락이 쭈뼛 서는 느낌을 받았다.
'세계 12대 초인들의 아이템……'
아무리 신급 아이템이라고는 해도 너무 사기적이지 않은가.

'이거 가진 놈한테 아수라극천무 같은 거 썼다가는 내가 죽었겠네.'

성좌들이 멍청해서 다행이다. 이런 걸 성좌 놈들이 가졌다면, 한주혁 자신이 사용한 궁극기에 자신이 죽을 수도 있는 것 아니겠는가.

'100퍼센트 가산 데미지의 아수라극천무나 마성격 같은 건 나도 감당하기 힘들 테니까.'

마렌이 또 아주 조심스레 물었다.

"저…… 집에 안 가나요?"

"……."

한주혁은 아무 말도 안 했는데 마렌은 또다시 벽에 등을 딱 붙이고 섰다.

"사색 중에 죄송합니다. 조용히 해야죠. 집은 안 중요하죠. 여기가 곧 제집이죠. 찌그러지겠습니다."

한주혁이 피식 웃었다.

'세인트 로드의 비즈. 그리고 벨리칸의 깃털까지.'

이 두 아이템이 한 가지 던전에서 나왔다. 그것도 완전히 반대 속성이라 짐작되는 아이템들이. 과연 아무런 의미가 없을까? 분명 뭔가 있다. 자신이 모르는 뭔가가.

"가자."

그 말에 마렌이 퍼뜩 대답했다.

"사랑합니다."

우크라의 영주. 뮬런 백작은 초조해하고 있었다.

"마렌 경이 도착할 때가 지나지 않았나?"

도착 예정 시간보다 훨씬 늦어지고 있다. 벌써 3시간째 연락이 닿지 않고 있는 상황.

"적대악이 듀퐁 백작에게 연락을 취하여 늦어진다고 통보했다고 합니다."

그 말에 뮬런 백작은 인상을 잔뜩 찡그렸다.

"수행원 따위가 왜 자기 멋대로 스케줄을 조정하는 것이냐?"

뮬런 백작의 충실한 신하. 이름 대신에 '전속 집사'라고 불리는 그가 이렇게 대답했다.

"백작님. 아실 것 같아서 말씀 안 드렸었는데. 절대 그런 티를 내시면 안 됩니다."

"……왜지?"

"한낱 수행원이 아닙니다. 그는 적대악입니다."

"……그게 뭐?"

"적대악은 어쩌면 두반 백작님보다도 더욱 큰 위세를 가졌을 수도 있습니다."

"……플레이어가?"

전속 집사는 한숨을 내쉬었다.

"백작님. 지금 시대가 어느 때인데, 플레이어랑 NPC를 나누고 있습니까? 특히나 절대악과 적대악 같은 플레이어들은 NPC의 위상을 뛰어넘은 지 오래입니다."

"에이, 그래도 플레이어잖아."

전속 집사도 NPC다. 그렇기에 NPC들의 선입견에 대해서 잘 알고 있다. 200년간 이렇게 지내왔는데, 하루아침에 바뀔 수 없다는 것도 잘 안다. 그래서 이렇게 얘기했다.

"그러면 일단 적대악의 심기를 거스르는 행동만 안 하시면 됩니다."

"……내가 일단 호통부터 치려고 했는데?"

백작이라고 다 같은 백작이 아니다. 자신처럼, 우크라 같은 작은 영지를 다스리는 허접한 백작과 두반 백작의 위상은 하늘과 땅 차이다. 그런데 그 두반 백작의 막내아들이 이곳으로 오고 있다.

"잘 들어봐, 집사. 마렌 경을 제대로 보필 못 했다고, 내가 대신 혼을 내주면 마렌 경도 좋아하시지 않을까?"

"……"

전속 집사는 단호하게 고개를 저었다.

"절. 대. 안. 됩. 니. 다. 제발 부탁이니까 그냥 인사만 제대로 해주십시오. 나머지는 제가 알아서 하겠습니다."

"내가 그 수행원 안 혼내도 돼?"

보통 이런 게 관례 아닌가. 수행원을 대신해서 혼내주면 마렌 경도 좋아할 거라고 생각했는데.

"제발요. 평생 부탁입니다. 제가 이렇게 비굴하게 부탁할 때가 없지 않습니까?"

"……그래? 진심이야?"

"네, 진심입니다."

"알겠어."

"눈으로 보시면 알 겁니다."

그때까지 우크라의 영주 뮬런은 그냥 그런가 보다 했다. 전속 집사라고 불리고는 있지만, 어릴 때부터 정말 친한 친구로 지내왔다. 신분의 차이 따위는 아무렇지도 않을 정도로, 친구를 믿고 있는 뮬런이다. 그래서 그의 말을 듣기로 했다.

얼마 후, 적대악과 마렌이 도착했다는 소식이 들려왔다. 성문 근방에서 미리 준비하고 있던 뮬런이 외쳤다.

"성문을 열어라!"

그리고 그는 볼 수 있었다.

'응……?'

이건 뭔가 좀 이상했다.

'왜…… 마차가 없지?'

마차도 없고.

'짐을 왜 마렌 경이 들고 계시지?'

심지어는 마렌이 이렇게 말하는 것도 들었다.

"덕분에 정말 편안하게 잘 왔습니다. 적대악 님. 감사합니다. 잘 도착했군요."

그 말을 들은 뮬런은 정신적 공황 상태에 빠져들었다.

'마렌 경께서…… 왜 저렇게 적대악한테 공손하지?'

알기로는 천하의 망나니라고 들었는데. 저게 무슨 망나니란 말인가. 세상에서 제일 공손하고 겸손한, 명문 백작가의 막내아들 같은데.

'친구의 말이 맞구나.'

눈으로 보니 깨달을 수 있었다. 친구, 집사의 말이 맞았다. 만약 모르고 냅다 호통부터 쳤다가는 큰일 날 뻔했다. 저 일행의 일인자가 누구인지 바로 깨달았다.

뮬런은 달려 나가 허리를 숙이며 인사했다.

"아이고. 적대악 님, 오셨습니까? 헤헤."

양손을 파리처럼 비비면서 그렇게 말했다.

재미있는 건 뮬런이 적대악에게 먼저 인사했음에도 마렌이 그것에 대해 전혀 개의치 않았다는 것.

'아니? 아예 의식조차 못 해?'

평소의 망나니 마렌이었다면 난리를 쳤을 거다. 누가 더 높은 사람인지 구별도 못 하냐고 한바탕 피바람이 불었을 텐데. 그런데 아예 의식조차 못 하고 있다.

'마치…… 적대악이 먼저 인사받는 게 당연한 것처럼?'

서열 구도가 완벽하게 잡혀 있는 상태 아니겠는가.

"안으로 모시겠습니다, 적대악 님. 오시느라 정말 고생 많으

셨습니다. 헤헤."

그런데 그때 한주혁이 뭔가를 발견했다. 성문 근처 망루에 눈에 익은 무언가가 보였다.

변방의 작은 영지 우크라. 우크라나와 이름이 비슷하여 형제 영지 혹은 자매 영지로 불리는, 있는 듯 없는 듯한 이 작은 영지는 그냥 평범한 영지가 아니었다.

'시나리오 진행과 관련이 있겠어.'

그래서 물었다.

"저건 뭐죠?"

마렌도 성벽을 올려다봤다. 망루 옆에 5개의 깃발이 보였다. 마렌이 엣헴, 하고 헛기침을 한 번 했다.

"제가 압니다."

제국의 모든 성에는 깃발들이 있다. 그 깃발들은 그 성들의 속성을 나타내기도 하고, 주변의 몬스터들을 알리기도 하며, 워프 포탈의 존재 유무를 알리기도 한다.

"변방의 작은 영지치고는 깃발이 많기는 많습니다만……!"

맨 앞, 황금색 깃발의 경우는 에르페스 제국 황가를 존경한다는 의미다. 대부분의 성은 황금색 깃발을 맨 앞에 배치한다.

"두 번째, 붉은색 깃발의 경우는 가까운 곳에 몬스터의 군락지가 있다는 의미로 조심해야 한다는 뜻입니다."

그래. 이렇게 잘 설명하면 좀 칭찬받을 수 있겠지? 파란색 손바닥과 붉은색 손바닥을 더 이상 보지 않아도 되겠지? 그렇겠지? 마렌은 스스로 의식하지 못했지만 한주혁에게 잘 보이기 위해 안달이 났다. 이성적으로는 한주혁을 증오한다고 생각했지만, 그의 본능은 그의 몸을 다르게 움직였다.

"조용히 해."

"입을 꿰매 버리겠습니다!"

마렌은 손으로 입을 닫았다. 괜히 까불었다. 가만히 있으면 중간이라도 갔을 텐데.

"마렌 경의 설명대로입니다."

뮬런 백작이 의아한 듯 한주혁을 쳐다봤다.

"무언가…… 문제라도?"

"아뇨, 그런 건 아닙니다."

뮬런은 아무것도 모르는 것처럼 보였다. 아니, 정말 아무것도 아닐 수도 있다. 이것은 마치 틀린 그림 찾기처럼, 정말 자세히 눈여겨보지 않으면 포착할 수 없을 정도로 미미한 거니까.

'일반적인 깃발들은 저렇지 않아.'

한주혁도 영지들을 많이 봐왔다. 게다가 그는 그냥 스쳐 지나가기만 해도 대부분을 기억한다. 집중해서 생각하면 당시의 상황을 사진으로 보는 것처럼 기억해 낼 수 있다.

열심히 생각을 해봤다.

'음.'

정말 미세하지만.

'깃대 부분이…… 수건으로 감싸져 있는데.'

가까이 가서 살펴봐야 알겠지만 아마도 수건인 것 같다.

깃대의 크기에 비해서 굉장히 작은 수건이고, 그마저도 깃발 바로 아래에 위치하고 있어서 일종의 데커레이션 같은 느낌이기는 했지만.

'저 검은색.'

검은색 손수건. 한주혁이 이미 갖고 있는 손수건과 모양이 매우 비슷하게 생겼다. 악마의 대저택에서 데미안을 통해 전해 받은 그 손수건 말이다.

'이건…… 운이 좋네.'

만약 이곳이 우크라가 아니라 다른 곳이었다면 눈여겨보지 않았을지도 모른다. 그런데 이곳은 우크라다. 이곳에 오게 된 것 자체가 마렌이 블랙과 연관성이 있는지 확인해 달라는 퀘스트 때문이다.

'오는 동안 하필이면 악 속성 몬스터를 만났고.'

그걸 렉서와 요르한에게 명령을 내려놨었다. 혹시라도 대도 블랙이나 칸트와 연관이 있는지.

'퀘스트. 악 속성 몬스터. 그리고 우크라에 걸린 검은색 손수건.'

애초에 이러한 점들을 염두에 두고 있지 않았다면, 제아무리 한주혁이라 할지라도 아무렇지도 않게 지나갔을 거다.

물런 백작이 말했다.

"먼 길 오시느라 힘드셨을 텐데……. 바로 숙소로 안내하도록 하겠습니다."

그 말에 마렌에 나섰다.

"어허, 백작님. 이분은 적대악 님이십니다. 피곤하다뇨? 전혀 아닙니다."

저 마법사는 괴물 마법사다. 어지간한 검사와도 맨손으로 싸워서 이길 수 있는. 그냥 존재 자체가 사기적인 마법사. 그런데 피곤하다니. 전혀 그렇지 않다. 마렌이 보는 적대악은 초인이다.

"이분의 체력을 무시합니까? 강철보다도 더욱 강철 같은 체력을 지닌 분입니다."

"피곤한데."

체력이나 게임 속 스탯과는 별개로, 올림푸스를 너무 오래 플레이하면 피곤하게 마련이다. 단순히 컴퓨터 화면을 쳐다보는 것과는 차원이 다를 정도의 피로도가 누적된다.

마렌이 뻔뻔하게 말했다.

"뭐 합니까! 어서 최고급 숙소로 안내하지 않고? 적대악 님 피곤한 거 안 보입니까?"

"……."

"이렇게 먼 길을 왔는데 피곤한 게 당연하죠. 빨리 안내해 주세요."

에르페스 제국 수도에 인접한 대영지, 파르주아.

이곳에서 성대한 파티가 열렸다. 파르주아의 영주인 나겐 후작이 파티를 열었기 때문이다. 근 6개월간 열린 파티 중에서 가장 큰 규모를 자랑하고, 가장 유력한 권세자 가문이 여는 파티였다.

"오늘도…… 금번 미스 에르페스는 보이지 않는군요."

"듣자 하니 기품이 넘쳐나는 천상의 여인이라고 하던데……."

보통 미스 에르페스로 선발되면 사교계에 발을 들이고, 많은 남자들의 시선을 받게 된다. 어쨌거나 에르페스에서 가장 아름다운 여자로 꼽힌 사람이니까.

"보기만 해도 숨이 넘어갈 정도의 미인이라고 합니다."

"얼마나 아름다우면 벌써 황제 폐하의 눈에 들어……. 사교계에 발을 들이지 말라는 명령을 받았다는 소문까지 있습니다."

"절대악이라는 플레이어의 연인이라는 말이 있습니다만."

"그까짓 플레이어가 대수겠습니까?"

"그렇게 생각했다가 큰코다친 NPC들이 많이 있습니다. 실제로 그는 굴타 왕국의 국왕이기도 합니다."

파르주아의 영주인 나겐 후작의 파티다. 상당히 힘 있고 권력 있는 NPC들이 많이 모였다. 그들은 여전히 '플레이어'인 절대악을 높이 치지 않았다.

"어쨌든 절대악이 중요한 게 아닙니다. 나겐 후작님의 파티에도 미스 에르페스가 나타나지 않았습니다."

"얼마나 아름다우면 이렇게 콧대가 높은 거죠?"

"어쩌면 자존심이 엄청나게 높은 여자일 수도 있습니다."

"그 정도로 아름다운 꽃에는 가시가 있게 마련이죠."

수많은 NPC들이 아쉬워했다. 파티에 초대된 귀부인들과 영애들도 마찬가지였다. 이번에는 꽤 큰 규모의 파티라서, 나젠 후작의 파티라서 어쩌면 미스 에르페스가 모습을 드러낼 수도 있다고 생각했는데.

귀족 영애 중 한 명이 작게 말했다.

"저도 그 미스 에르페스를 봤으면 좋겠네요. 얼마나 아름다우면 제국 전체에 신비의 꽃이라고 소문이 났을까요?"

"흥. 그건 정말 아름다워서가 아니라, 꼴의 자존심 때문에 파티에 참여하지 않기 때문이겠죠."

또 다른 귀족 영애 중 한 명이 말했다.

"일렌. 그렇지 않아요. 비록 먼발치이기는 했지만 저도 미스 에르페스를 봤답니다. 같은 여자이지만……. 그녀에게서 눈을 떼지 못했어요. 제 평생에 그렇게 아름다운 여인은 처음 봤어요. 신비의 꽃이라는 이름이 전혀 아깝지 않아요. 아니, 오히려 신비의 꽃이 그녀에게 감사해야겠죠."

"……"

오늘도 신비의 꽃은 모습을 드러내지 않았다.

"그나저나 신비의 꽃은 어디서 뭘 하고 있을까요?"

"글쎄요. 어디선가 우아하게 차를 마시고 있거나 그림을 그리고 있지 않을까요?"

나겐 후작가의 초대에도 응하지 않은 미스 에르페스에 대한 소문이 더욱더 짙어져만 갔다.

한편, 한주혁은 캡슐에서 빠져나와 목을 돌렸다. 캡슐에 오래 누워 있었더니 몸이 뻐근했다.

"응?"

캡슐 밖에 마련되어 있는 간이침대(간이침대라고는 해도 최고급 원목과 매트리스로 만들어져 3천만 원이 넘는)에 세상에서 가장 예쁜 사람이 보였다.

"세송아?"

그 말에 침대 위에 앉아 꾸벅꾸벅 졸고 있던 천세송이 눈을 번쩍 떴다.

"오빠!"

천세송이 자리에서 일어서 한주혁에게 쪼르르 달려갔다.

한주혁은 영문도 모른 채 두 팔을 벌렸다. 그 두 팔 사이로 천세송이 쏙 안겨들었다.

"오빠아아아아아아!"

천세송은, 우아 또는 기품과는 약간 거리가 먼 모습으로 한주혁에게 안겼다. 기품은 없지만 애교는 가득했다. 한주혁은 저도 모르게 허허- 하고 웃고 말았다.

"뭐야, 갑자기?"

"그냥 보고 싶어서 기다리고 있었어."

"꾸벅꾸벅 졸면서?"

"응."

"여기 침 흘렸네?"

"으악! 진짜?"

천세송이 한 발자국 뒤로 물러섰다. 황급히 물티슈를 찾았다. 귓불이 붉어졌다.

"뻥이야."

"으이씨……! 밉다."

천세송은 입술을 앙다물고 장난스레 한주혁을 노려봤다. NPC들에게는 신비의 꽃, 사교계의 신비라고 불리고 있었으나 현실의 천세송은 조금 예쁜(사실 아주 많이 예쁜) 20살의, 이제 갓 성인이 된 풋풋한 여자애였다.

"오빠랑 데이트하고 싶어."

"좋지. 나도 데이트하고 싶어서 몸이 근질거리던 참이었어."

적대악으로 활동하느라 플레이를 같이 못 하고 있다. 천세송은 그게 못내 아쉬운 듯했다.

천세송이 활짝 웃었다.

"정말? 나랑 데이트할 거야?"

한주혁은 그보다 더 밝게 웃었다. 여자 친구, 아니, 머지않은 미래에 아내가 될 이 여자가 이렇게 사랑스러울 수가 없었다.

"데이트도 하고. 데리고 살 거야. 뽀뽀도 하고."

한주혁은 천세송에게 가볍게 키스했다. 세계의 영웅. 대한민국, 아니, 어쩌면 세계의 대통령이나 다름없다고 알려진 한주혁도 한 명뿐인 여자 친구 앞에서는 다른 남자들과 똑같았다.

천세송의 손을 잡고, 약간 앞장서서 걸었다.

"가자! 애기야."

변방의 영지. 우크라에 도착한 지 하루가 지났다. 한주혁이 마렌에게 말했다.

"마렌. 말썽 피우지 말고, 자숙하고 있어."

원래대로라면 자숙? 그게 뭔데? 난 그런 거 몰라. 나 몰라? 나 두반 백작의 막내아들이야. 이렇게 얘기했겠지만.

"네, 형님. 저 자숙 좋아합니다."

언제부터인가. 마렌은 한주혁을 '형님'이라 부르기 시작했다. 형님의 호칭이 너무나 익숙한 한주혁은 그것에 개의치 않았다.

"그래?"

"제 취미입니다."

한주혁이 고개를 끄덕였다. 마렌의 옷을 한 번 더 쳐다봤다. 여전히 하얀색 민소매 티셔츠와 청바지를 입고 있다.

'이곳에 존재하는 복장은 아냐.'

귀족가의 아들인데 팔에 문신까지 휘감고 있다. 평범한 NPC는 확실히 아니었다.

'갔다 와서 좀 더 생각해 보자.'

플레이어가 NPC화되는 것까지도 목격했다. 플레이어와 NPC의 경계가 약간은 허물어졌다는 뜻이다. 과연 마렌은 대도 블랙과 어떤 연관이 있을까?

'여태까지 한 짓을 보면 딱히 없을 거 같기는 한데.'

그래도 혹시 모른다. 지켜보기로 했다.

"그런데 형님. 어디로 가십니까?"

"있어."

대답해 주지 않았다.

한주혁의 목적지는 '악마의 대저택'이다. 이곳에 오면서 많은 정보를 얻고 특수 보상까지 얻었다. 그런데.

'벨리칸의 깃털.'

이것이 마계와 연관이 되어 있는 것 같다. 그렇다면 이것을 확인해 줄 수 있는 존재가 따로 있지 않겠는가.

'데미안은 최후의 패니까.'

함부로 소환하거나 부르기에는 조금 껄끄러운 면이 있다. 대도 블랙과 관련한 정보가 혹시 더 있을까 싶기도 하고. 그래서 한주혁이 직접 '악마의 대저택'으로 향했다.

데미안에게는 미리 귓말을 넣어놨다.

-계약 하위주체여. 네 집을 방문하겠다.

-계약 상위주체여. 그대의 방문은 언제나 늘 환영이다. 나의 집에서 기다리고 있겠다.

침묵의 초원을 지났다.

'아무것도 없네.'

두반 백작 가문이 자랑하는 갈렌티아가 '영구 토벌'을 한 덕분인지 침묵의 초원에는 몬스터의 씨가 말라 버린 상태.

'커팅 웜도 없는 것 같고.'

완전히 청소가 됐다. 히든 필드였던 '성스러운 무덤'도 사라졌다. 그렇게 열심히 달렸다. 그리고 아무도 없는 필드에서 이주랑과 만나 절대악으로 클래스를 전환했다.

"목적지는 악마의 대저택입니다."

"알겠습니다. 바로 이동하겠습니다."

한주혁은 악마의 대저택으로 이동한 후, 바로 데미안을 향해 걸어갔다. 위압을 펼치고 있지 않아도 몬스터들이 한주혁에게 달려들지 않았다. 데미안에게 명령을 받은 모양이었다.

한주혁이 말했다.

"핵우산 사건 뒤로…… 오랜만인 기분이군. 그때는 신세를 졌다."

"인간들이 엄청난 것을 만들어냈더군. 그걸 핵이라고 부른다고 했나?"

"정확히는 뉴클리안. 에르페스 제국. 그리고 불칸의 기사라고 알려진 청은이 주도하여 만들어낸 신무기다. 아직 대량 양산은 못 한 것 같지만."

 간단한 인사가 오고 갔다. 대도 블랙에 대한 정보는 따로 없었다. 그 사이, 악마의 대저택을 들르지 않은 모양이다.

 "내가 이곳을 방문한 이유는……."

 인벤토리를 열었다.

 "이것 때문이다."

 한주혁이 '벨릐칸의 깃털'을 꺼내 들었을 때, 데미안의 표정이 변했다. 마치, 아주 잘 알고 있는 것을 본 것처럼 말이다.

 "계약 상위주체여. 이것을 어떻게 얻었지?"

 데미안의 말이 조금 빨라졌다.

 "대답 여하에 따라 나는 계약을 파기할 수도, 혹은 계약을 더욱 공고히 할 수도 있음을 미리 고지한다."

3장
특수한 조건

"대답 여하에 따라 나는 계약을 파기할 수도, 혹은 계약을 더욱 공고히 할 수도 있음을 미리 고지한다."

그 말에 한주혁은 잠시 고민했다.

'계약을 파기해?'

그러면 안 된다. 아무리 충성 서약으로 맺어져 있다고는 해도 완벽한 건 아니다. 상대가 배신하지 못하도록 하는 것이지, 명령을 듣게 만드는 것은 아니니까.

'음.'

마계와 관련이 있기는 있는데. 구체적으로 어떤 연관이 있는 건지 모르겠다.

'내가 이것을 얻은 곳은 성좌 퀘스트 던전이라 짐작되는 곳.'

바로 성스러운 무덤.

'사실은 절대악이 아니라 적대악으로서 얻은 거지.'

현재 그는 절대악과 적대악을 동시에 플레이하면서, 두 가지의 메인 시나리오를 클리어해 나가고 있으니까.

일곱 성좌와 절대악의 전쟁이 제국과 절대악으로 확장되고, 더 나아가서 선과 악의 전쟁으로 그 범위가 점점 넓어지고 있다는 것을 생각하면 악 속성의 개체는 성 속성의 개체와 대립해야 하고, 반대로 성 속성의 개체는 악 속성의 개체와 싸워야 한다.

'데미안은 악 속성.'

그렇다면.

"천사를 죽이고 전리품을 얻었다."

"천사?"

"이름이 천사인 줄은 모르겠으나 인간과 비슷한 형상에 털로 덮인 귀를 가지고 있었다."

"……."

한주혁은 데미안의 눈치를 살짝 살폈다.

'이게 맞나?'

데미안의 표정이 조금 풀어지는 것 같았다.

"그 천사가 벨리칸의 깃털을 가지고 있다고 말하는 것인가?"

"더 정확히 말하자면 그 천사가 모시는 주인이라는 존재에게서 드랍되었다. 드랍의 개념은 알고 있겠지?"

"……."

"그 더러운 이름은 세인트 로드라고 하더군."

데미안이 잠시 눈을 감았다. 그의 몸에서 검은색 기운이 넘실거렸다.

'뭐야?'

대답을 잘못했나? 왜 기운을 끌어올리는 것 같지.

'일단 대비는 해야겠어.'

충성 서약 때문에 적극적인 배신은 불가능하다. 하지만 데미안의 능력이라면, 서약의 효과를 어느 정도는 무시할 수 있을지도 모른다.

데미안의 몸에서 흘러나온 검은색 기운이 '벨리칸의 깃털'을 덮었다.

'나를 공격하려는 건 아닌 것 같고.'

데미안이 싸우려는 것 같지는 않았다. 그때, 알림이 들려왔다.

-'벨리칸의 깃털'이 데미안의 마기를 흡수합니다.
-'벨리칸의 깃털'의 상세설명이 활성화되었습니다.
-상세설명을 활성화시키시겠습니까?

의외로 어렵지 않게 자세한 설명을 얻을 수 있었다. 데미안이 말했다.

"벨리칸의 깃털에 대한 정보를 전송했다."

어느새 그의 몸에서 일렁이던 마기는 사라졌다. 그리고 그가 사과했다.

"저번에도 그렇고. 이번에도 그렇고. 계약 상위주체를 제대로 믿지 못함에 진심으로 사과한다."

저번에 '적대악'으로서 모습을 드러냈을 때. 그리고 이번 '펠리칸의 깃털'을 가지고 왔을 때.

"계약 상위주체에 대한 신뢰가 부족했음을 인정한다. 그러나."

데미안이 자신의 손가락을 가볍게 물어뜯었다. 그러자 붉은색 피 몇 방울이 허공에 튀었다.

데미안은 검지로 그 핏방울을 묻혀 허공에 어떤 문양을 그렸다. 마치 사인을 하는 것 같았다.

"이제는 아닐 것이다."

피로 이루어진 글자가 허공에 새겨졌다. 무슨 내용인지는 알 수 없었다. 붉게 새겨진 글자가 조금씩 흐려지면서 한주혁에게도 알림이 들려왔다.

-데미안과의 계약이 더욱 공고해졌습니다.
-데미안의 진정한 신뢰를 얻는 것에 성공하였습니다.
-데미안이 플레이어 아서 님을 진정한 파트너로 인정합니다.

한주혁이 씨익 웃었다. 뭐가 어떻게 된 건지는 모르겠지만 일단 결과는 좋았다.

"다시는 계약 상위주체를 의심하지 않을 것을, 나 데미안의 이름으로 선언하고 선포한다."

흐려졌던 붉은 글씨가 다시금 진해졌다. 붉은 글씨는 이내 붉은색 불꽃이 되어 타오르기 시작했다.

"계약 상위주체의 날카로운 손톱이 나의 심장을 관통한다 할지라도."

붉은색이었던 불꽃이 점점 검붉은색으로 변했다.

"나의 손톱은 계약 상위주체를 지킬 것을 맹세한다."

검붉은색이었던 불꽃이 이내 완전히 검은색 불꽃이 되었다. 한주혁은 그 불꽃이 뜨겁다고 느꼈다.

'저게 뭔지는 모르겠는데…….'

저런 거로 파이어 볼 같은 것을 만들어 쓰면, 절대악 상태인 자신도 버텨내기 힘들 것 같다는 생각이 들었다.

-'피의 맹세'가 완료되었습니다.
-대단합니다!
-히든 피스 한 조각을 완성시켰습니다.

단순히 데미안과의 계약이 중요한 것이 아니라, 데미안의 '진정한 신뢰'를 얻어야 이 히든 피스가 완성되는 것 같았다. 생각지도 않았던 히든 피스다.

'히든 피스? 뭐지?'

보통은 히든 피스와 관련한 정보가 머릿속에 입력되거나 알

람으로 전해지는데 이번에는 조금 달랐다.

-'벨리칸의 깃털'의 상세설명을 확인하십시오.

이 히든 피스는 '벨리칸의 깃털'. 그리고 '데미안의 신뢰'. 이 두 가지 요건이 함께 관련되어 있는 것 같았다.
'인벤토리.'

<벨리칸의 깃털>
벨리칸의 깃털은 특수한 깃털입니다. '벨리칸'의 유래는 아직 밝혀진 바가 없습니다. 마계의 귀족들에게 알려지기로 벨리칸의 깃털은 마계로 통하는 길을 열 수 있다고 알려져 있습니다.
+상세설명

아직 상세설명을 활성화시킨 것도 아닌데, 처음과는 완전히 다른 아이템 정보가 확인되었다.
'뭐야, 이거?'
마계와 어느 정도 연관이 있다고 생각하기는 했는데.
'마계로 가는 문?'
이 깃털이 그런 힘을 가지고 있다는 건가. 데미안의 최종 목표는 결국 마계로 되돌아가, 현재의 서열 1위라는 마족의 심장에 손톱을 꽂아 넣는 것이라고 했다.

'그것의 연장선이…… 성좌 퀘스트 던전의 보상으로 주어졌다?'

이것저것 굵직굵직한 줄기들이 하나로 이어지고 있다.

상세설명도 활성화시켜 확인했다.

<상세설명>

벨리칸의 깃털은 대천사 중 한 명인 라리엘이 마계로 가는 문을 여는데 사용했었던 깃털입니다. 벨리칸의 깃털은 성마 전쟁. 혹은 마성 전쟁이라고도 불리는 차원 전쟁의 시초가 되었던 아이템으로 알려져 있습니다.

+히든 옵션 (히든 피스. 피의 맹세 만족 시 활성화 가능)

성마 전쟁. 혹은 마성 전쟁이라는 배경 이야기가 나왔다. 그 전쟁의 시초란다. 이 벨리칸의 깃털이라는 아이템이 말이다.

'못 보던 클릭 가능 글자까지 있네.'

이른바 '히든 옵션'이라는 글자가 등장했다. 피의 맹세. 방금 데미안과 맺은 것이 피의 맹세 아니었던가. 히든 옵션까지 활성화시켜 봤다.

<히든 옵션>

1) 특수한 조건 클리어 시. 벨리칸의 깃털을 활용하여 '세인트 게이트'를 열 수 있습니다. 세인트 게이트는 마계로 통하는 문을 뜻합니다. 세인트 게이트는 강력한 신성 속성을 바탕으

로 일정 반경 내 마족들의 마나를 동결시키는 권능을 가집니다. 단, 세인트 게이트는 신성 속성의 생명체만이 통과할 수 있습니다.

   2) 퀘스트. '특수한 조건' 활성화가 가능합니다.

한주혁이 아이템 확인을 끝냈다.

'세인트 게이트를 열 수 있고. 그 세인트 게이트는 악 속성의 마나를 동결시키고…… 성 속성 개체만 움직일 수 있다라.'

한주혁이 말했다.

"데미안. 마계로 돌아가는 방법은 찾았나?"

데미안이 고개를 저었다.

"나는 이 악마의 대저택을 많이 벗어날 수 없도록 설정되어 있다."

벗어나려고 해도 다시금 악마의 대저택으로 돌아온다. 시스템 설정으로 그렇게 되어 있는 듯했다.

한주혁이 어깨를 으쓱했다.

"보아하니 이 벨리칸의 깃털이라는 게…… 마계로 들어가는 문을 여는 것 같은데."

"마성 전쟁의 시초였지. 비겁한 쓰레기들이 마족의 마나를 동결시키는 특수한 힘을 사용했었다. 파훼법이 존재하지 않았던 그때, 수많은 마족들이 죽었다. 나의 부모도 쓰레기들에게 죽임을 당했다."

그러고서 피식 웃었다.

"그때의 우리는 약했으니까. 약한 자가 패배하는 것은 당연하다. 우리는 패배와 죽음을 두려워하지 않는다. 그러나 비겁함은 증오한다."

뭐가 어떻게 비겁하다는 건지는 모르겠다. 그것까지 꼬치꼬치 캐묻지는 않았다. 대신 이렇게 말했다.

"마계로 돌아가는 문은…… 계약 상위주체인 내가 열어보도록 하겠다."

"쓰레기들의 게이트는 성 속성의 개체밖에 통과하지 못한다고 알려져 있……"

거기까지 말한 데미안이 한주혁을 쳐다봤다. 데미안의 눈에 감탄의 빛이 서렸다.

"아……"

처음 절대악이 적대악으로 등장했을 때, 약간이나마 화를 내지 않았던가. 그랬던 자신이 부끄러웠다. 피의 맹세를 나눌 정도의 가치를 지닌 인간 아닌가. 과거로 돌아갈 수만 있다면, 과거의 데미안을 피부를 가차 없이 벗겨 버렸을 것이다.

"그래서…… 굳이 더러운 쓰레기들의 마나를 뒤집어쓴 것이로군."

"그래. 우리, 피의 계약을 위하여."

"……"

"내가 그 더러운 마나를 사용하여 게이트를 활성화시킬 수만 있다면, 나의 강제 소환으로 그대를 마계로 불러들일 수 있겠지."

"……."

"대의를 위해서. 피의 계약을 위해서. 오물을 뒤집어쓰는 것 정도는 할 수 있는 것 아닌가?"

데미안의 몸이 굳었다.

"계약 상위주체의…… 혜안에 진심으로 감복한다. 그대의 진심에 진정으로 승복한다. 나는 이토록 멀리까지 보지 못하였음이니. 그대를 나의 계약 상위주체로 삼는 것이 영광스러울 지경이다."

물론 한주혁도 '피의 계약'이라는 말은 처음 만들어낸 거다. 피의 맹세라는 말을 듣고, 그냥 이렇게 말하면 좋겠거니 해서 꾸며냈다.

'뭐, 좋은 게 좋은 거지.'

이렇게 시나리오가 이어질 줄은 몰랐다. 그저 제국의 지원을 쑥쑥 받아먹으면서 대도 블랙과의 연도 트고, 가능하다면 제국의 뒤통수도 치기 위해 적대악을 열심히 플레이하고 있었는데.

'그게 이렇게 도움이 되네.'

뭐가 어찌 됐든.

'개이득!'

어디로 가든 서울만 가면 되는 것 아니겠는가.

'그러면 이제 특수한 조건을 활성화시켜 볼까.'

그냥 '벨리칸의 깃털'만으로는 세인트 게이트를 열 수 있다. 히든 옵션 중 하나인 퀘스트를 발동시켜서, 그 퀘스트를 통해 마계로 가는 문을 여는 형식인 것 같았다.

한주혁이 데미안스럽게 말을 이었다.

"내가 전력을 다하여 계약 하위주체, 그대의 복수를 돕겠다. 그게 나의 사명이니."

속마음은 조금 달랐다. 메인 시나리오를 진행시키는 것에 대한 재미와 기대도 있었을뿐더러 또 다른 기대들도 존재했다.

'거기서도 좋은 템 많이 나오겠지? 레벨업도 엄청 할 수 있겠지? 좋은 거 많이 나오면 좋겠다.'

시간을 오래 끌 필요는 없었다. 지금 한주혁은 두 가지 퀘스트를 동시에 진행 중이다. 하나는 적대악 퀘스트고 또 하나는 절대악 퀘스트라 할 수 있는 이 '특수한 조건'이다.

-'벨리칸의 깃털'에 내재된 히든 퀘스트 '특수한 조건'을 활성화시키시겠습니까?
-퀘스트. '특수한 조건'이 활성화됩니다.
-퀘스트창을 활성화시키십시오.

퀘스트창이 업데이트됐다. 한주혁이 '특수한 조건' 퀘스트창을 열었다.

'어?'

마계와 연관 있는 아이템. 세인트 게이트를 열 수 있는 아이템과 관련된 퀘스트는 생뚱맞은 퀘스트가 아니었다.

한주혁은 퀘스트창의 설명을 유심히 살펴봤다.

'이 설명은······.'

어딘가 낯이 익었다.

벨리칸의 깃털을 활성화시키려면 '특수한 조건'을 만족해야 한다. 그런데 그 퀘스트의 내용이 어딘가 낯설지 않았다.

<특수한 조건>

대천사 라리엘은 벨리칸의 깃털을 사용하여 마계로 가는 문. 세인트 게이트를 열었던 경험이 있습니다. 세인트 게이트는 특별한 장소에서만 개방 가능합니다.

1) 특별한 장소를 찾으십시오.

2) ?

+ 상세설명

순차적으로 이어지는 퀘스트 같았다. 첫 번째를 클리어하면 다음 퀘스트가 열리는 형식. 일단은 '특별한 장소'를 찾으란다. 한주혁이 낯이 익다고 생각한 부분이 바로 이 '상세설명'이었다.

<상세설명>

세인트 게이트는 특별한 곳에서만 모습을 드러냅니다. 특별한 곳은 세인트 스팟이라 불립니다. 세인트 스팟은 깊은 지하에 위치하고 있으리라 추정됩니다.

성마전쟁 발발 7일 전, 세계 12대 초인 중 한 명이었던 엔드라움이 사망하는 안타까운 사건이 발생하였습니다. 세인트 스팟을 찾기 위해서는 성소로 지정되어 있는 엔드라움의 묘지를 찾으십시오.

한주혁에게는 굉장히 익숙한 얘기다. 익숙할 수밖에 없다. 바로 하루 전에 경험한 내용이니까.

'성마 전쟁. 그리고 세계 12대 초인.'

다 들어본 내용이다. 적대악으로 얻은 정보들과 절대악으로 얻은 정보들이 융합됐다.

'결국 세인트 스팟에 대한 단서를 얻기 위해서는 성스러운 무덤으로 돌아가야 돼.'

돌아오면서 광역 탐지로 '침묵의 초원'을 훑으면서 왔는데 커팅 웜의 기척은 느껴지지 않았었다. 아무것도 없었다.

'입구가 사라졌었던 것 같은데.'

성좌 퀘스트 던전이었던 '성스러운 무덤'은 단순히 1회성 던전이 아니었던 것 같다.

'입구를 다시 찾아야겠어.'

분명히 거대한 흐름 안에서 하나로 이어지는 시나리오다. 착실히 따라가다 보면 어떠한 끝이 있을 터.

데미안이 말했다.

"생각이 깊어 보이는군."

"계약 상위주체로서."

한주혁이 어깨를 으쓱했다. 데미안을 위해 선심 쓰는 척 말했다.

"계약의 의무과 책임을 다하기 위해서, 마계로 가는 문을 열어야 하니까."

"……."

데미안은 아무런 말도 하지 못했다. 계약 상위주체를 잠시나마 의심했었고 계약 파기를 운운한 것에 대해 진심으로 죄책감을 느꼈다.

"……피의 맹세를 성실히 이행할 것을 다시 한번 굳게 선포한다."

한주혁이 고개를 끄덕였다.

'말투는 좀 중2 같아도.'

그래도 저 능력은 중2가 아니다. 한주혁이 여태껏 만났던 그 어떤 NPC들보다 강력한 힘을 자랑하지 않는가.

'오케이.'

성스러운 무덤에 처음 들어갈 수 있었던 '침묵의 초원'에 다시 방문하기로 했다.

한주혁이 귓말을 보냈다.

-데이트하자.

-데이트?

-응. 특수한 조건이라는 퀘스트인데, 침묵의 초원으로 들어가서 성스러운 무덤을 찾고 세인트 스팟을 찾아야 해. 그렇게 해서 최종적으로는 마계로 들어가는 문을 찾는 게 이번 퀘스트야.

간만에 앱솔루트 네크로맨서인 세송과 함께 클리어를 진행하기로 했다.

동생인 7번 성좌, 잿빛 마도사 루나에게는 이렇게 말했다.

-야. 퀘스트 고고.

-응? 무슨 퀘스트?

-이거 절대악 시나리오임. 성좌랑도 연관이 많이 있는 거 같음. 네 힘이 필요할 수도 있을 거 같음.

-오. 할래, 할래. 재미있겠다.

루펜달에게는 이렇게 말했다.

-고?

그러자 이렇게 대답이 왔다.

-형느님 가시는 광명의 길에 루펜달이 있습니다. 형렐루야, 형멘!

아이템 컬렉터인 3층성도 함께 가기로 했다. 아이템 컬렉터가 있어야 아이템 수집도 편하고 좋으니까. 물론 열심히 지켜

주지는 않을 거지만.

어쨌든 간만에 절대악 파티로 움직이게 됐다.

―――

꼬꼬는 요즘 무료했다.

키에에엑!

나는 제왕이다!

키엑!

먹을 것! 먹을 것을 내놔라!

카리아 산맥 상공을 날아다니던 꼬꼬는 '키에엑!' 하고 울부짖기를 그만뒀다. 그리고 땅에 앉았다.

키엑.

심심하다.

요즘 아무것도 할 게 없었다. 예전에는 '내가 제왕이다!'를 외치며 날아다니기 바빴는데 이제는 안 그래도 된다. 누구든 이 구역의 제왕이 꼬꼬라는 것을 인정하고 있었으니까.

키엑.

주인님은 뭐 하지?

주인님이랑 있어야 맛있는 것을 먹을 수 있다. 자신이 아무리 약한 놈들을 때려잡아 봐야 맛있는 게 잘 안 나온다. 주인님이랑 같이 있으면 검은 돌도 가끔 먹을 수 있다. 그걸 꼭 먹고 싶은데, 주인님이 있어야만 그게 나온다.

그때 한주혁의 호출이 있었다.

-꼬꼬. 프루나로 날아와.

그 말에 꼬꼬가 고개를 높이 쳐들었다.

키에에에에엑!

간만에 꼬꼬가 제대로 포효했다. 이 구역의 왕은 나다. 내가 제왕이다. 이걸 외쳐대는 것보다는, 주인님이 불러주는 게 더 좋다.

키엑! 키엑! 키엑!

먹을 것! 먹을 것! 먹을 것!

먹을 것을 먹고 싶다. 주인님이랑 있으면 먹을 수 있다. 꼬꼬가 하늘을 날았다.

키엑! 키에에엑!

비켜! 비켜! 비켜!

뭔지는 모르겠는데 뭔가와 부딪친 것 같은 기분이 들었다. 하지만 꼬꼬는 그것에 크게 신경 쓰지 않았다. 몬스터 스톤. 그중에서도 특히 블랙 스톤에 눈이 돌아간 꼬꼬는 몬스터 스톤밖에 떠올리지 못했다.

한편, 한주혁의 본거지라 할 수 있는 프루나에서 일을 보고 있던 시르티안이 함박웃음을 지었다.

"크으."

그리고 혼자서 감탄했다.

"바로 이거지."

요즘 그는 기분이 아주 좋다. 마침 그 자리에 있던 강재명이 물었다.

"시르티안님. 뭔가 좋은 일이라도 있습니까?"

"있지요. 있고말고요."

시르티안이 종이 하나를 강재명에게 건네줬다. 강재명의 눈이 커졌다.

'이건……!'

시르티안이 후후후-하고 웃었다.

"이것이 바로 주군의 힘이지 않겠습니까?"

카를로스 평야 수확의 수익금 중 일부가 계좌로 송금됐다. 정확히 말하자면 한주혁의 계좌이지만, 어쨌든 그 관리는 시르티안이 하고 있다.

종이를 확인한 강재명이 물었다.

"이것이 끝입니까?"

"그럴 리가요."

시르티안이 또 다른 종이를 내밀었다. 강재명이 그것을 보며 크흠- 하고 감탄성을 흘렸다.

"이 내용은…… 헬 하운드 목장에 관한 내용이군요."

"그렇지요."

그런데 그게 끝이 아니었다.

"이것은 아서 광산에 대한 내용이죠."

"……."

강재명이 서류들을 훑어봤다. 그러곤 조심스레 물었다.

"이러한 내용들이…… 비밀이어야만 하는 이유가 혹시 있습니까?"

"없습니다."

"그렇다면 이 내용들을 바깥 세계에도 알리도록 하겠습니다. 주군의 영광을 위하여."

시르티안이 흡족한 듯 웃었다.

"주군의 영광을 위하여!"

그리고 호호호- 하고 계속 웃으며 미친 사람처럼 중얼거렸다.

"반드시……! 반드시……! 반드시 복지 지옥을 이루고 말리라……!"

시르티안은 늘 '복지 지옥'을 외쳤다. 지금은 '힐스테이'가 된 그곳. 예전 이름으로 치자면 '스카이 데블의 은신처'에서 백성들이 굶어 죽어가던 그때를 경험했던 시르티안이다. 그래서 그는 복지에 목을 맸다.

그것이 바깥 세계에도 제대로 알려졌다.

"이번에 발표한 거 장난 아니던데. 들었냐?"

"당연하지. 지금 뉴스에서 난리도 아니던데."

전 세계가 '태르민'에 대한 추적을 시작하면서, 현실 세계에서 태르민의 영향력도 많이 약화된 듯했다. 절대악을 비방하고 욕하기 바빴던 공중파 3사도 조금씩 절대악에 유리한 내용을 많이 내보냈다.

사실 이건 어쩔 수 없는 일이기도 했다. 가장 빠른 언론인 JTBN이 존재했으니까. JTBN은 아는 내용을, 공중파가 모르면 안 되니까.

어찌 됐든 이번에 뉴스에서 심도 있게 다룬 내용이 꽤 있었다.

"카를로스 대평원에서 나온 식량 중에 슈퍼 푸드라고 불리는 일부 품목들까지 가져왔다던데."

"그 뭐야. 그, 그 뭐라더라. 원래는 전송이 안 됐던 것들 말하는 거지?"

아주 조금만 먹어도 포만감을 불러일으키면서 적당한 칼로리를 내주는 품종의 쌀이 있다. 전 세계 다이어터들의 로망이라고 할 수 있는 그 품종은 '다이어트 라이스'라고 불리는 희귀 품종이기도 했다.

"그게 희귀한 이유가 현실로 전송이 거의 불가능해서 그런 거였잖아."

그런데 이제는 '전송소'를 통해 전송하는 것이 가능해졌다.

"근데 그 품종이 절대악이 지분을 가진 카를로스 평원에서 나오는 거고."

미국은 절대악의 눈치를 살펴야만 한다. 더더군다나 전송소는 한주혁의 소유다.

"그래서 그걸 대량으로 전송했나 봐. 현실로."

"난리 난 거지."

실제로 각국의 거대 무역 회사의 중역들이 한국을 찾고 있는 중이다.

"지금 한국행 비행기를 타려고 난리가 났대. 전세기도 엄청 띄웠다던데."

거의 완벽에 가까운 다이어트 식품 중 하나. 그것을 얻기 위한 쟁탈전이 벌어지게 된 거다.

"절대악은 그런 내용을 직접 안 다루잖아."

"그러니까 LZ는 지금 계 탔지. LZ그룹 시가 총액이 신성을 넘어섰다."

이른바 '절대악 이펙트'는 LZ연합을 명실공히 글로벌 세계 연합으로 격상시켜 버렸다. LZ연합은 절대악이 밀어주는 연합이다. 절대악과의 관계가 공고히 잡혀 있는 연합. 그것만으로도, LZ연합의 위상은 하늘을 찔렀다.

"대박이다."

"이게 뭐라더라. 외교적으로도 엄청 중요한 역할을 할 수 있다던데."

인터넷 논객인 3충성은 이 상황을 이렇게 표했다.

-미래의 자급자족을 걱정하던 국가가 전 세계 식량 주도국으로 변해가

는 첫걸음.

각종 외교 문제에 있어서도 유리한 고지들을 차지하고 있다.

-사람들은 절대악 이펙트의 최대 수혜자로 구본부 연합장을 뽑지만 나는 다르게 생각함.

인터넷 논객 3층성이 생각하는 절대악 이펙트의 최대 수혜자는 다름 아닌.

-조해성 대통령이 제대로 꿀 빨고 있음.

조해성이었다. 불과 몇 달 전까지만 해도 지지율 제로에 가깝던 젊은 후보였던 조해성이 지금은 지지율 80퍼센트가 넘는 국민 대통령으로 우뚝 올라서 있었다.

-지금 한국의 위상은 지구의 역사를 통틀어서도 최고의 위치임.

절대악의 존재만으로도 그렇다. 절대악이 한국인이니까.

-절대악만으로도 그런데, 지금은 카를로스 대평원에서 생산되는 엄청난 양의 잉여 산물들이 한국으로 들어오고 있음. 점점 꿀릴 게 사라짐.

한국은 뛰어난 인적 인프라를 가졌다. 높은 교육 수준, 높은 플레이어 수준. 그러나 가지지 못했던 것이 있다.

-현대 사회에서 가장 중요한 문물이라 할 수 있는 몬스터 스톤. 그것들이 지금 한국에 쏟아지고 있음.

이 세계의 최강자는 역시 미국이다. 그렇지만 국민들이 가장 행복한 나라들을 꼽으면 몇몇 중동국가들이 꼽힌다. 자원이 풍부하니까. 그다지 일을 하지 않아도, 그 자원으로 충분히 풍족한 생활이 되니까.

-아서 광산. 그리고 헬 하운드 목장. 이것들이 제대로 활성화되어서 돌아가기 시작함.

심지어 아서 광산은 철통같은 보안을 자랑하는 신의 일터로 자리 잡고 있는 중이다.

-NPC인 시르티안의 정책이 '복지 지옥'이니까.

아서 광산에는 '가디언즈 미니언'들이 존재한다. 그것들만 있어도 충분히 채굴이 가능하다. 하지만 시르티안은 그렇게 하지 않았다. NPC들과 플레이어들을 골고루 고용하여 몬스터 스톤을 채굴하고 있다.

-일자리도 많이 생겼다던데.
-거기뿐만이 아님. 지금 절대악 소유 영지에 등록한 플레이어들은 각종 복지 혜택을 누리고 있음.

과거, 기득권들이 말하던 '포퓰리즘'에 가까운 정책들을 시르티안이 펼치고 있는데 오히려 사회가 훨씬 나아졌다.

-대중은 개돼지라고 주장하던 놈들이 결사반대하던 많은 정책들이 지금 빛을 발하고 있다던데.

절대악 영지에 등록만 하면, 대부분의 플레이어들이 그 혜택을 봤다. 필수 포션 무료 분배부터 해서 성장에 필요한 아이템 지급 등등.
타자를 치던 3충성은 잠시 생각에 빠져들었다.
'무엇보다도…… 이 모든 정책들과 복지가 가능한 건…… 절대악이 버티고 있기 때문이겠지.'
만약 절대악의 존재가 없었다면.
'그랬다면 어쩌면 한국은 지금 신귀족 사회가 되었을지도 모른다.'

신귀족 프로젝트가 정말로 진행되었을지도 모른다.

'지금은 미국과도 어깨를 나란히 하고 있을 정도니까.'

전체적인 국력은 많이 차이 나지만, 이쪽에는 절대악이 있다.

'조해성 대통령도…… 대통령 할 맛 나겠어.'

절대악의 영향력이 강화되면 강화될수록, 기존 기득권의 힘은 계속해서 약화되고. 절대악이 밀어주는 대통령인 조해성은 자신이 품었던 정책들을 풀어나갈 수 있으니까.

'각종 외교 정책에서도 절대악 덕택에 이득을 많이 보고 있어.'

헬 하운드 목장에서 양질의 레드 스톤이 계속해서 공급되고, 거기에 아서 광산에서 수많은 몬스터 스톤이 생성되며, 카를로스 평원에서 엄청난 양의 곡식과 '다이어트 라이스'까지 생산되고 있다. 그건 엄연히 절대악의 재산이지만, 그것은 조해성에게 큰 힘이 되어주고 있었다.

그때 3충성의 핸드폰이 울렸다. 루펜달을 통해 소환 명령이 떨어졌다. 3충성은 떨리는 마음으로 캡슐에 들어갔다.

'아냐, 이거 아냐. 이러면 안 돼.'

나는 인터넷 논객. 중립적인 자세와 마음을 유지해야 한다. 그래야만 한다. 마음속으로 그렇게 외쳤다. 하지만 그게 마음처럼 쉽지는 않았다. 절대악이 불러주자 기뻤다. 함께 퀘스트를 클리어할 수 있다는 그 사실 때문에 상기됐다.

'아니야. 나는 안 기뻐.'

자꾸만 할렐루야를 외치고 싶어져서 가까스로 억눌렀다.

특수한 조건

올림푸스에 접속한 3충성은 절대악 파티에 동참했다. 그리고 꼬꼬의 등에 타 '침묵의 초원'이라는 곳으로 이동했다.

-'침묵의 초원'에 입장하시겠습니까?

그곳에 도착했을 때, 3충성은 믿기 힘든 광경을 볼 수 있었다.

4장
다시 찾은 지하 땅굴

에르간은 주변을 둘러봤다.

"죽을 뻔했어."

적대악은 사기적인 클래스가 맞다. 사기급인 절대악을 상대하기 위하여 존재하는 클래스. 사람들의 말에 따르자면, '밸런스 패치' 때문에 나타나게 된 특수 클래스라고 했는데 직접 경험하니 그게 더욱 와닿았다.

"괴물 같은 새끼……."

차라리 '적대악과 좋은 관계를 유지했으면 어땠을까'라는 아쉬움이 남았다.

'잠깐 좀 참을걸.'

그렇지만 이미 기회는 지나갔다. 적대악과는 돌이킬 수 없는 관계가 된 지 오래다.

"여긴 어디지?"

특수 권능인 '구사일생'이라는 능력 덕택에 어찌어찌 살아남기는 했는데 이곳이 어디인지 알 수 없었다. 이따금씩 '키에엑-!' 하는 괴성을 빼고는 평온한 숲이었다.

"음."

주변을 둘러보니 대충 알 것 같았다.

'카리아 산맥인가?'

그때 알림이 들려왔다.

-세인트 로드의 권능. 구사일생을 사용하였습니다.
-구사일생은 절체절명의 위기라고 판단되는 시점에 자동으로 발현됩니다.
-히든 피스. '구사일생 최초 발현' 조건을 만족하였습니다.

에르간의 입이 귀에 걸렸다.

"오?"

좋다. 구사일생을 사용하는 것이 일종의 히든 피스였단다. 역시 될 놈은 뭘 해도 되는 법이다.

-구사일생을 최초로 활용했을 때 신체의 재구성이 이루어집니다.

세인트 로드, 에르간의 몸이 둥실둥실 떠오르기 시작했다.

-마나의 농도를 확인합니다.
-주변을 탐색합니다.
-최적의 조건을 확인합니다.

최적의 조건이라 함은 풍부한 마나. 그리고 적대적인 몬스터의 부재 등이다. 시스템이 판단하기로 현재 성 속성에 적대적인 몬스터도 없고, 마나의 농도도 풍부했다.
에르간의 몸에서 하얀색 빛이 새어 나왔다.
'그래! 이거지!'
그래도 히든 클래스 세인트 로드 정도 되면 이 정도 능력은 있어야 하는 것 아니겠는가.
'1차전에서는 내가 패배했지만.'
결국 끝에 가서 승리하는 사람은 자신일 거라고 확신했다. 그 확신에 또 확신을 더해준 알림까지도 들려왔다.

-신체 재구성이 완료되면 모든 스탯이 100만큼 증가합니다.

모든 스탯이 100이란다.
'진짜냐? 진짜로 모든 스탯이 100?'
이런 폭풍 스탯업. 듣도 보도 못했다. 아마 절대악도 이런 건 경험해 보지 못했을 거다. 적어도 그는 그렇게 생각했다.

"크하하하하!"

그의 몸이 두둥실 떠오르기 시작했다. 기분이 좋아졌다. 그렇다, 이게 바로 세인트 로드의 힘이다. 모든 스탯이 100만큼 증가한단다. 그 어떤 폭풍 레벨업보다도 훨씬 큰 폭의 증가 아닌가.

'이거다……!'

바로 이거다. 이런 능력이 추가된다면 적대악. 더 나아가서 절대악도 잡을 수 있다.

'절대악만 잡으면.'

그러면 다시금 태르민 일가가 힘을 얻기 시작할 거다. 태르민은 에르간의 큰아버지다.

'그러면 세상이 알게 되겠지.'

신귀족 프로젝트는 정말로 실현될 수 있다는 것을. 인간이라고 다 같은 인간이 아니라는 것을. 인간 위에 인간이 있다는 것을 세상이 알게 될 거다. 적어도 한국은 그렇게 만들 거다. 감히 자신들을 내친 대중들을 노예화시켜 현실을 뼈저리게 알려주기로 했다.

'개돼지 새끼들.'

대중이라는 머저리들. 저희들이 잘난 줄 아는 놈들. 그래 봤자 절대악 뒤에 숨어서 '태르민 타도'를 외쳐대는, 주제 모르는 노예 놈들.

'큰아버지의 인정도 받을 수 있을 거야.'
알림이 계속해서 이어졌다.

-반경 300미터 이내의 몬스터를 확인합니다.
-적개심을 가진 몬스터가 전혀 없습니다.

언제부터인가 카리아 산맥의 몬스터들이 굉장히 온순해졌다. 이유는 알 수 없지만 플레이어들에게는 좋은 현상이었다. 뭐랄까, 누군가에게 주눅이 들어 있는 것 같은 그런 느낌. 그것이 필드의 전체적인 난이도 하락을 가져왔을 정도다.

-신체 재구성을 시작합니다.
-신체 재구성 시에는 무방비 상태로 전환됩니다.
-각별한 주의를 요구합니다.

에르간의 귀에는 주의 알림이 들리지 않았다. 오로지 신체 재구성. 모든 스탯 100 증가에만 집중했다.

-신체 재구성에는 약 3분의 시간이 소요됩니다.
-신체 재구성을 시작하시겠습니까?

에르간은 뒤도 안 돌아보고 'YES'를 선택했다. 하늘로 떠오른 그의 몸에서 하얀색 빛이 뿜어져 나왔다. 아주 잠깐, 약 1초 정도.

키에엑!

그때 이상한 소리가 들려왔다.

퍽!

그리고 요란한 충격음이 들렸다. 에르간은 그 소리가 멀리서 들린 것 같다고 느꼈다. 그러나 그렇게 느끼기만 했을 뿐, 에르간은 무엇인가와 세차게 부딪쳤다.

적개심을 가진 건 아닌 것 같았다. 다만 어딘가로 빠르게 향하고 있던 것일 뿐.

'어……'

떨어지는 것 같은 느낌을 받았다.

'뭐지……?'

에르간은 그 상태로 기절해 버렸다. 기절한 그는 이어지는 알림을 듣지 못했다.

-커다란 충격이 감지되었습니다.
-신체 재구성에 실패하였습니다.
-히든 피스 구성에 실패하였습니다.

히든 피스가 깨졌다. 결과는 처참했다.

-모든 스탯이 3만큼 하락하였습니다.
-회복이 필요합니다.
-가사 상태에 접어듭니다.
-72시간 동안 움직일 수 없습니다.

에르간의 신체 재구성은, 눈이 돌아간 *꼬꼬*의 식탐 앞에서 와장창 무너지고 말았다.

키엑! 키엑!

비켜! 비켜! 먹을 것! 먹을 것!

키에에엑!

주인님이 부르신다!

본의 아니게 에르간의 히든 피스 발현을 무너뜨린 *꼬꼬*는 단숨에 푸르나로 날아갔고, 그곳에서 한주혁 일행을 태워 '침묵의 초원'을 향해 날았다.

한주혁은 침묵의 초원에 발을 디뎠다.

'음.'

광역 탐지에 아무것도 잡히지 않았다.

'분명 입구가 어디 있을 텐데.'

예전과는 달라졌다. 12대 초인 중 한 명이었던 '엔드라움의 무덤'을 찾아야 하는데. 도무지 입구를 찾을 수가 없었다.

'팬더를 데리고 올 걸 그랬나.'

현재 팬더는 아서 광산을 계속해서 탐사 중이다. 혹시 자신이 모르는 어떤 것을 발견할 수도 있으니까. 그래서 그곳으로 파견 보냈다.

'아냐.'

한주혁이 씨익 웃었다. 적어도 히든 피스와 관련해서는 팬더보다 더 강력한 힘을 발휘할 때가 있는 훌륭한 펫이 그에게 있지 않은가.

-꼬꼬. 내 말 잘 들어.

꼬꼬는 그냥 평범한 펫이 아니다. 예전에 기르칵투 동굴에서 배우지 않았던가. 꼬꼬에게는 꼬꼬 자신도 모르는 특별한 능력이 있다. 기르칵투 동굴에서 꼬꼬는 숨겨져 있던 길을 스스로 찾아내서 안내했었다.

한주혁은 그 점에 착안했다.

'내 광역 탐지에도 안 잡힌다는 건 지금은 존재하지 않고 있다는 거겠지.'

어떤 조건을 만족해야만 입구가 열린다는 얘기다.

'기르칵투 동굴도 넓게 보자면 결국 내 시나리오 퀘스트의 일부였고.'

더 정확히 말하자면 '앱솔루트 네크로맨서와 함께하는 시나리오 퀘스트'의 일부라고 할 수 있다. 그곳에서 기르칵투를 얻은 덕택에 이후, 성좌 퀘스트와 관련되어 있는 질투의 여신 쿠로스까지도 얻을 수 있었던 것 아니겠는가.

'중요 퀘스트. 곤충형 몬스터.'

거기에 한 가지 더.

'숨겨진 길.'

기르칵투 동굴과 조건들이 맞아떨어지지 않는가. 귓말로 말을 이었다.

-땅속 깊은 곳에 아주아주 맛있는 것들이 잔뜩 있을 거야. 그걸 찾아야 돼.

키엑?

꼬꼬의 눈이 땅 밑을 향했다.

거기서 3층성은 느낄 수 있었다. 꼬꼬의 탐욕스러운 눈빛을 말이다.

'꼬꼬가 뭘 하려는 거지?'

모르겠다. 한주혁이 꼬꼬의 엉덩이 부근을 툭 쳤다. 그러자 꼬꼬가 마치 닭처럼 주변을 뛰어다니기 시작했다.

3층성은 알 수 없었다. 꼬꼬가 왜 저러는지. 그것도 저렇게 탐욕에 가득 찬 눈동자로 말이다.

'응?'

꼬꼬가 부리로 땅을 콕콕 찍자, 몬스터들이 땅속에서 튀어나오기 시작했다.

한주혁이 씨익 웃었다.

'역시.'

꼬꼬의 능력은 특별한 게 맞았다.

'방금까지 없던 커팅 웜이다.'

분명히 없었다. 없었던 몬스터들이 갑자기 모습을 드러냈다. 마치 리젠된 것처럼 말이다.

키에에에엑!

꼬꼬가 목청껏 소리를 질렀다. 침묵의 초원인지라 그 소리가 들리지는 않았지만, 어쨌든 꼬꼬는 열심히 포효했다. 열심히 땅을 찍었다.

키에엑!

먹을 것! 먹을 것! 먹을 것!

그리고 모르긴 몰라도 주인님이 원하는 게 이거 같다.

키에엑!

나는 펫 1호!

펫 1호라면 주인님의 말을 잘 들어야 하는 것 아니겠는가. 꼬꼬는 점점 무아지경에 빠져들었다. 방금 벌레 한 마리를 잡아먹었는데 맛이 어찌나 좋은지, 몬스터 스톤보다 더 맛있는 것 같다.

키에엑?

맛있어!

이런 맛은 처음이었다. 이 세상에 존재하는 그 어떤 지렁이보다 맛있었다. 생긴 게 조금 징그럽고 이빨이 날카로운 게 걸리적거리기는 했지만, 천상의 별미였다. 한 번도 맛보지 못했던 맛.

꼬꼬는 이리저리 뛰어다니며 커팅 웜들을 잡아먹기 시작했다. 한주혁은 그 뒤를 느긋하게 따라 걸었다. 그렇게 얼마간 걷자. 알림이 들려왔다.

-커팅 웜들이 도망치기 시작합니다.

기르칵투 동굴에서도 이랬었다.

-새로운 길을 찾아내는 데에 성공했습니다.

꼬꼬의 뒤를 따라 걷기만 했는데.

-축하합니다!
-히든 지역. '지하 땅굴'을 발견하였습니다.

라는 알림이 들려왔다. 적대악으로 왔을 때와 같은 양상이었다.

'그때도 똑같은 알림이 있었어.'

지하 땅굴이 '웜 네스트'로 변경되었고 이후 '성스러운 무덤'으로 연결되었다.

3층성은 절대악의 새로운 세계를 엿봤다.

'뭔데 저렇게 여유로워?'

펫이 히든 지역을 발견했다. 좀 놀랄 법도 한데.

'왜 여기서 나만 놀라?'

이 파티, 역시 이상하다. 많이 적응된 줄 알았는데 아직 적응이 덜 됐다.

'인간적으로 펫이 히든 지역을 발견할 수 있는 거야?'

원래 그럴 수 없다. 평범한 사람들은 히든 지역은커녕 히든 피스조차 발견하지 못한다. 평생 그렇다. 그렇기 때문에 히든 피스라는 이름이 붙는다. 그런 걸 그냥 펫이 발견했는데, 그걸 당연하게 여기는 이 파티의 분위기는 영 적응할 수가 없었다.

'사기군.'

이건 정말 밸런스 패치가 필요하다. 절대악은 그렇다 치고 펫이 히든 지역을 발견하다니. 뭐 이런 경우가 다 있단 말인가.

루펜달이 3층성의 어깨를 툭툭 두드리고 말했다.

"원래 처음에는 다 그렇게 시작하는 거야."

처음에는 다 이렇게 시작해서 결국에는 헝렐루야 형멘으로 가게 되는 것 아니겠는가.

"힘내."

침묵의 초원이라, 말이 들리지 않았다. 3층성은 인상을 찡그리고서 귓말을 보냈다.

-무슨 말을 한 거야, 귓말로 해.

그사이 한주혁이 먼저 '지하 땅굴'로 들어갔다. 그 뒤를 마리안(천세송), 루나(한세아), 꼬꼬, 루펜달이 뒤따랐다.

다급해진 3충성이 저도 모르게 육성으로 외치며 따라 들어갔다.

"가, 같이 가요, 형느님!"

'지하 땅굴'에 들어갔을 때. 3충성은 또다시 놀라 뒤로 나자빠질 수밖에 없었다.

'씨, 씨발! 이, 이, 이게 뭐냐!'

이번에는 앱솔루트 네크로맨서와 7번 성좌마저도 화들짝 놀라는 것을 봤다. 절대악에 대한 신앙심으로 똘똘 뭉친 루펜달마저도 흠칫 놀라는 것으로 보아, 자신이 놀라는 게 비정상은 아닌 것 같았다.

키에에에엑!

흥분한 꼬꼬의 소리도 들려왔다. 꼬꼬가 괴성을 질러대며 앞으로 마구 뛰었다. 침묵의 초원을 벗어나서 음소거 효과도 해제됐다.

한주혁이 말했다.

"꼬꼬. 앉아."

그 말에 괴성을 질러대던 꼬꼬가 멈췄다. 한주혁이 앞으로 걸어갔다. 마치, 저것을 굉장히 잘 알고 있다는 듯 말이다.

한세아가 물었다.

"오빠. 이거 뭔지 알아?"

"알지."

"뭔데? 오빠가 엄청 여유로우니까 마음이 놓이기는 하는데…… 설명 좀 해줘. 좀 같이 여유롭자. 나 방금 무진장 놀랐어."

한주혁이 씨익 웃었다.

"이건……."

한주혁은 이것이 무엇인지 대충 알 수 있을 것 같았다. 일단 굉장히 컸다.

'대략 100미터.'

웜 킹과 웜 퀸의 시체를 찾을 수 없다 했더니.

'이런 식으로 모셔져 있구나.'

이게 웜 킹의 시체인지, 웜 퀸의 시체인지는 알 수 없었다.

'아마 웜 킹의 시체일 것 같은데.'

머릿속에 그려졌다, 이 퀘스트의 내용이. 적대악으로서 이 던전을 먼저 경험했기 때문에. 덕분에 잘 알 수 있었다.

'웜 퀸이 웜 킹보다 먼저 나오지는 않겠지.'

웜 퀸이 분명 웜 킹을 잡아먹으려고 했다는 내용이 있지 않았는가. 그렇다면 여기에 왜, 하필이면 시체로 변한 웜 킹이 있는 것일까.

'그것도 하필이면 적대악이 웜 킹과 웜 퀸을 잡았던 그 시점에.'

그 이후, 절대악이 이곳에 들어왔다. 같은 장소, 다른 내용으로. 앱솔루트 네크로맨서와 함께 이곳에 들어왔고, 이곳에는 적대악이 사냥했던 몬스터의 시체가 있다. 웜 킹의 시체가.

"마리안. 감 오지?"

"응. 처음에는 좀 험상궂게 생겨서 놀랐는데."

천세송이 방글방글 웃었다.

"계속 보니까 엄청 귀여운 것 같아."

"……."

한주혁은 '귀엽진 않은 것 같은데'라고 말하려다가 말았다. 앱솔루트 네크로맨서의 눈으로 보면 귀여울 수도 있는 것 아니겠는가.

"언데드화시킬 수 있겠어?"

"음."

그냥은 어려운 것 같다.

"이거 생전에 엄청 강했던 몬스터인가 봐. 그냥은 조금 힘들 것 같아."

한주혁은 그 말을 아주 쉽게 알아들었다.

-스킬. 악의 독려를 사용합니다.

절대악의 버프를 받은 앱솔루트 네크로맨서가 사령술을 사용했다.

"일어나라. 죽음의 병사여."

검은색 기운이 웜 킹의 시체를 감쌌다. 검은 안개가 뼈에 스며드는 것 같았다.

"일어나라. 죽음의 병사여."

한 번으로는 안 됐다. 거대한 덩치만큼이나, 사령술 실행도 까다로운 모양이었다.

"일어나라. 죽음의 병사여."

세 번의 시도 끝에, 결국 사령술에 성공할 수 있었다. 웜 킹 언데드화에 성공한 천세송이 정보를 확인했다.

"이름은……"

"웜 킹?"

"어? 맞아."

천세송은 오빠가 어떻게 저 이름을 알고 있는지에 대해 묻지 않았다. 왜냐하면 우리 오빠니까. 오빠가 알고 있다는 건 전혀 이상하지 않다. '우리 오빠니까'라는 이유로 모든 것이 설명됐다. 적어도 콩깍지가 잔뜩 낀 천세송에게는 그랬다.

"상세설명은 어때?"

"무엇인가에 겁을 잔뜩 집어 먹었대."

천세송의 표정이 어두워졌다.

"가여워라."

천세송은 100미터에 달하는 거대한 곤충형 몬스터를 쓰다듬었다. 웜 킹의 몸이 바르르 떨렸다.

"무엇이 그렇게 두렵니? 걱정 마. 내가 주인님이니까."

한주혁이 씨익 웃었.

'설명 자체에 두려워하고 있다는 내용이 쓰여 있어?'

과연 무엇을 두려워하고 있는 걸까.

'여기 원래 이름은 웜 네스트였지.'

말하자면 웜 킹과 웜 퀸의 보금자리다.

'그런데 웜 킹은 웜 네스트가 아니라 침묵의 초원에서 가장 먼저 발견되었고.'

자신의 보금자리가 아닌 다른 곳에서 처음 발견되었다.

'보금자리에서 도망쳤던 상황이라고 생각하면 쉬울 것 같은데.'

그렇다면 보금자리에서 왜 도망쳤을까?

'웜 퀸에게 잡아먹힐 것을 알고 있었기 때문이겠지.'

생각에 잠긴 한주혁을, 동생인 한세아가 물끄러미 쳐다봤다. 천세송에게 가까이 다가가 속삭였다.

"오빠. 또 뭔가 생각하는 것 같지?"

"응. 아무래도 오빠는 우리가 모르는 뭔가를 더 알고 있는 것 같아."

"그게 하루 이틀은 아니잖아?"

이런 건 이제 신기하지도 않다. 그냥 이제 당연한 일상이 되어버렸다. 한세아는 재미있다는 듯 오빠를 관찰했다.

혼자서 중얼거렸다.

"좋았어."

요즘 오빠가 적대악으로 활동해서, '이오빠가내오빠다'로 활동할 만한 건덕지를 얻지 못했다. 한국 대통령과 세계 기업들이 절대악을 떠받든다. 뭐 그런 내용은 이제 새롭지도 않다. '이오빠가내오빠다'에게는 특별한 자극이 필요했다.

'도대체 뭘까?'

오빠가 그리고 있는 그림이 어떤 그림인지 궁금해졌다. 호기심 반, 기대 반. 하지만 말을 꺼내 한주혁의 생각을 방해하지 않았다.

한주혁이 천세송의 머리를 한 번 쓰다듬고서 말했다.

"웜 킹이 두려워하는 것이 뭔지 알 것 같거든."

"우리 킹이킹이를 누군가 괴롭히고 있는 거야?"

천세송은 그사이, 웜 킹에게 '킹이킹이'라는 다소 귀여운 이름까지 붙여 버렸다.

"내가 파악하기로 이곳의 정식 명칭은 웜 네스트야. 웜 킹과 웜 퀸이 함께 살아가는 곳."

"그런 건 어떻게 알았어?"

"대충 훑어보면 알지."

3층성은 할 말을 잃었다. 대충 훑어봤는데 이곳의 정식 명칭을 어떻게 안단 말인가. 그의 논리적인 사고로는 도무지 이해가 되지 않았다.

'열심히 훑어보면 그냥 클리어하겠네.'

뭐 저런 인간이 존재할 수 있는지 모르겠다. 어쨌든 한주혁이 계속 말했다.

"웜 퀸을 찾아야 할 것 같아."

웜 킹이 이렇게, 지하 땅굴에 들어서자마자 버젓이 존재하고 있다는 말은 분명 웜 퀸의 시체도 어딘가에 있다는 뜻이다.

'지하 땅굴은 웜 네스트. 그리고 성스러운 무덤으로 이어져.'

성스러운 무덤은 결국 한주혁이 찾고 있는 '엔드라움의 무덤'이지 않겠는가.

한주혁은 마치 이곳에 한번 들어왔던 것처럼 활보했다.

'용암은 없어진 것 같고.'

거실 형태의 인공적인 공간도 없어진 것 같았다.

'어디 있지?'

광역 탐지에는 안 잡혔다. 역시 이럴 때는.

"꼬꼬."

한주혁이 꼬꼬를 앞세웠다. 꼬꼬가 뒤뚱뒤뚱 걸어왔다.

키에엑!

날개를 활짝 폈다.

"자."

한주혁이 레드 스톤을 하나 줬다. 꼬꼬의 간식이다.

키에엑! 키에에엑! 키에엑!

꼬꼬는 감탄했다.

그래, 바로 이 맛이야. 이거라고! 주인님이 주는 게 제일 맛있어.

하마터면 눈물을 흘릴 뻔했다. 왜 자신이 약한 놈들을 때려잡으면 이런 게 안 나오느냐 말이다. 예전에는 하나씩 드랍되곤 했었는데, 요즘 유독 드랍이 안 된다.

"꼬꼬. 아까 네가 달려들려고 했던 놈 기억나지?"

꼬꼬가 고개를 끄덕였다. 알고 보니 시체였지만, 강한 라이벌 의식을 느끼게 만들었던 그놈을 잊을 수 없었다.

"그거랑 비슷한 놈이 있을 거야."

키엑?

저렇게 튼튼해 보이는 녀석이 또 있다고?

한주혁이 사기를 쳤다.

"걔는 시체가 아닐 수도 있어."

키엑?

그러면 맛 좋은 살이 있나?

한주혁은 꼬꼬의 주인이다. 꼬꼬의 눈동자에 탐욕이 깃드는 것을 쉽게 알 수 있었다.

"엄청 맛있을걸?"

꼬꼬의 눈이 뒤집혔다. 얼른 몸을 돌려 지하 땅굴 여기저기를 헤매고 다니기 시작했다.

키엑! 키엑! 키엑!

먹을 것! 먹을 것! 먹을 것!

그렇게 하여 또 다른 길이 열렸다.

3층성도 이제는 그런가보다, 그렇게 생각하기로 했다. 꼬꼬

는 그냥 탐욕 강한 돼지새가 아니라, 사실은 히든 피스를 찾아내는 엄청난 능력을 가지고 있다고 이해하기로 했다.

'여긴 또 어디냐?'

지하 땅굴 내에 이어지는 통로를 따라 걷다 보니 굉장히 인공적인 곳이 나타났다. 네모반듯한 곳. 마법횃불도 보였다.

한주혁의 목소리가 들려왔다.

"굉장히 인공적인 곳이네."

마치 누군가 일부러 만든 것처럼. 한주혁은 이 내용을 이미 알고 있다. 공략집을 보고서 플레이하는 것처럼. 그의 머릿속에는 이곳의 내용이 정확하게 기록되어 있으니까.

'흐름은 적대악 퀘스트랑 같아.'

침묵의 초원. 지하 땅굴. 웜 네스트. 그리고 이러한 거실 형태의 공간.

'이곳을 통해…… 이곳에 진정한 주인이 있다는 것을 알 수 있었지.'

그 공간의 진짜 주인은 세계 12대 초인 중 한 명이었던 '수집가 엔드라움'이다. 이 공간의 의의는 그런 거다. 이곳에 또 다른 주인이 있다는 것을 간접적으로 언급하는 공간.

"또 다른 주인이 존재한다는 뜻이겠지. 마법에 능통한."

한세아가 자신의 오른 주먹으로 왼쪽 손바닥을 탁 쳤다.

"아하. 이게 그렇게 해석되는 거야? 나는 그냥 필드가 좀 달라진 건 줄 알았는데."

"근데 여기가 생각보다 엄청 넓어."

그런데 이곳의 공간이 꽤 컸다. 예전에 봤었던 곳보다 훨씬 더 크다. 인간에게는 불필요할 만큼 크다.

'예전에는 이렇게 안 컸어.'

그렇다는 말은, 이 공간에도 무엇인가가 숨겨져 있다는 얘기다.

"마치."

한주혁이 천세송을 쳐다봤다. 빙긋 웃었다.

"아까 언데드화시켰던 웜 킹을 소환해도 된다고 알려주는 것처럼."

꼬꼬의 능력을 통해 이동한 이곳. 이곳에 이렇게 큰 공간이 있을 필요가 있을까. 왜 저번과는 이렇게 크기 차이가 많이 날까. 한주혁이 말했다.

"웜 킹. 소환해 볼래?"

"응."

천세송이 외쳤다.

"일어나라. 죽음의 킹이킹이!"

그와 동시에 알림이 들려왔다.

-특별한 조건이 만족되었습니다.

적대악으로서 이곳에 왔을 때. '특별한 분비물'과 '특별한 껍

질' 등을 사용해서 클리어했었다. 지금은 또 다른 특별한 조건이 필요했던 거다.

-웜 킹을 확인합니다.
-웜 퀸이 모습을 드러냅니다.

검은색 마법진이 생겨났다. 한주혁은 놀라지 않았다.
'이럴 것 같더라니.'
앱솔루트 네크로맨서의 능력이 없다면, 절대악 시나리오는 클리어 불가능하다. 아무리 생각해도 여자 친구를 잘 만난 것 같다.
꼬꼬는 배신감을 느꼈다.
키에에에엑!
이거 못 먹는다!
아까도 마찬가지였다. 이건 시체 아닌가. 그는 제왕 카리아. 시체는 안 먹는다. 심지어 살이 하나도 없어서 먹을 것이 없었다.
"불만 있나?"
그 말에 꼬꼬가 고개를 재빠르게 좌우로 저었다. 그러고서는 한주혁의 몸에 머리를 비볐다. 이제 꼬꼬는 세상 살아가는 법을 완벽하게 터득했다.
키엑!
강한 자에게 약하고.

키엑!

약한 자에게 강하게.

그것이 꼬꼬가 터득한 삶의 지혜였다. 3층성은 애교를 부리고 있는 꼬꼬와 눈이 마주쳤다. 3층성의 몸이 굳어버렸다.

'날 왜 노려봐?'

순간 살기를 느꼈다. 황급히 시선을 피했다.

'아니, 내가 뭘 잘못했다고.'

잘못한 게 하나도 없는데, 괜히 옆에 있다가 불똥 튀었다. 3층성은 괜스레 한 걸음 뒤로 물러섰다.

한주혁이 말했다.

"얘도 사령술 진행해 봐. 일단 웜 킹은 보내놓고."

"응. 알겠어."

웜 킹때와 마찬가지였다.

"일어나라. 죽음의 병사여."

몇 번의 시도 끝에 웜 퀸을 되살렸다. 천세송은 언데드가 된 웜 퀸에게 '퀸이퀸이'라는 이름을 붙여주었다.

한주혁이 물었다.

"특별한 설명 있지 않아?"

"응. 배가 고픈 상태래."

"역시 그렇지?"

"응. 이상하네."

언데드는 배고픔을 느끼지 않는다. 고통도 모른다. 그런데 왜 설명에 '배가 고픈 상태'라고 특별히 명시가 되어 있는 걸까.

"먹잇감이 필요할 거야."

그 먹잇감은 다름 아닌, 웜 킹이다.

"웜 킹을 소환하면 달려들겠지."

"킹이킹이가 퀸이퀸이의 먹잇감이라는 얘기야?"

"맞아."

모든 그림이 그려졌다. 한주혁이 처음 그렸던 그림과 같았다. 그의 예상대로 모든 것이 진행됐다.

"웜 킹은 웜 퀸을 보자마자 도망치기 시작하겠지."

한세아는 오빠가 저 사실을 어떻게 알아냈는지 굳이 묻지 않았다. 결론을 물었다.

"그래서 그다음은?"

"도망을 치기는 칠 건데. 과연 어디로 칠까?"

"아니, 오빠. 그냥 결론부터 말해주면 안 돼? 나는 오빠 같은 괴물이 아니라서 짧고 간결한 설명 아니면 이해하기 힘들어."

동생인 한세아가 보기에 오빠인 한주혁은 천재였다. 26년동안 어떻게 백수로 지냈는지 신기할 정도로.

시간이 지날수록, 오빠와 자신의 센스 차이를 느끼고 있는 중이다. 그게 기분 나쁘지 않았다. 오히려 좋았다. '이 오빠가 내 오빠다'로 더 활발히 활동할 수 있을 테니까.

"주인에게 도망치겠지. 지금 주인 말고. 생전의 기억이 남아있는, 설정되어 있는 주인에게."

그래서 일반적인 방법으로는 찾아내지 못한 거다. 꼬꼬의 능력을 활용하고 앱솔루트 네크로맨서의 능력까지 활용해야만.

'그때에서야 비로소 엔드라움의 무덤을 찾을 수 있도록 설정되어 있어.'

따지고 보면 난이도는 최상에 가깝다. 적대악으로 이곳을 미리 탐사하지 않았더라면 이러한 결론을 내릴 수는 없었을 테니까.

천세송이 말했다.

"그러면 오빠 말대로…… 킹이킹이를 불러볼까?"

그 결과는 놀라웠다. 논리가 필요했던 3충성은, 논리 위에 무논리가 있음을 다시 한번 느낄 수 있었다.

'절대악의 말대로네.'

논리적으로는 설명이 잘 안 된다. 절대악이 플레이하는 방식은 일반 플레이어들과는 너무 달랐다.

'결국……'

절대악의 말이 정말로 맞았다. 들을 때까지는 좀 긴가민가했는데.

-'엔드라움의 무덤'을 발견하였습니다.

쫓아가는 웜 퀸. 도망가는 웜 킹을 따라가자 새로운 필드가 나타났다.

'진짜…… 찾았네?'

3층성의 눈에 관이 하나 보였다. 하얀색 기운이 스멀스멀 피어오르고 있는 관이었다.

그런데 그때. 목소리가 들려왔다.

-허락받지 않은 자여.

어디서 들리는 건지는 알 수 없었다.

-더러운 힘을 가진 사악한 자여.

공간 전체를 웅웅 울리는 목소리로 인해.

-네게 죽음이 임하리라. 나, 세인트 로드. 엔드라움의 권능으로.

지진이 난 것처럼. 땅이 울리기 시작했다.

5장
너 맛있냐?

에르간은 이를 바드득 갈았다.

"제기랄."

72시간 동안 반가사 상태에 빠져든단다. 움직일 수가 없다. 그렇다고 이 자리에서 로그아웃하기도 쉽지 않다. 아무리 적대적인 몬스터가 없다 할지라도 이곳은 카리아 산맥이다. 꽤 큰 사냥 필드. 불안해서 자리를 비울 수가 없다.

"분명히 꼬꼬였어."

정확하게는 못 봤다. 너무 빨리 지나갔다. 꼬꼬가 맞는 것 같다.

"절대악 이 개새끼!"

절대악이고 적대악이고.

"아주 쌍으로 지랄을 하는구나."

둘 다 인생에 도움이 안 되는 놈들이다. 아니, 따지고 보면 적대악보다 절대악이 더 싫다. 절대악 때문에 큰 아버지인 태르민이 세상에서 모습을 감췄고(심지어 그도 태르민이 어디에 있는지 모른다) 한국 내에서의 지배력이 엄청나게 약화되지 않았는가.

"으아아아아아아아!!"

답답해서 소리를 질렀다. 이렇게라도 해야만 가슴 속에 쌓인 응어리가 풀어질 수 있을 것 같았다.

"절대악 이 사회 부적응자 새끼야!!"

절대악이 이 사회를 변화시킨다? 절대악 덕분에 서민 개돼지들이 잘살 수 있게 되었다? 그런 게 다 무슨 소용이란 말인가. 원래 인간은 태생부터 다르게 태어난다.

"하나만 알고 둘은 모르는 새끼. 왜 태생이 다른 걸 몰라?"

절대악은 그걸 모르고 그걸 인정하지 않았다. 그래서 부적응자다. 사회에 적응해서 살았으면, 수많은 노예를 부리면서 편안하고 행복하게 살 수 있었을 텐데.

"씨발."

출신에 따라 삶의 질이 달라지는 건 당연하다. 유리아의 말이 틀린 게 없다. 부모도 능력이고 부모의 돈도 내 능력이다. 자신은 지배 계급에 속한 귀족이며, 그렇지 않은 대다수의 서민들은 노예다. 그는 그렇게 배워왔고 그렇게 성장해 왔다. 실제로 그렇게 생각하고 있고.

"감히 노예 새끼가 반란을 일으켜?"

반란은 반란인데, 그 반란이 성공한 반란이라는 게 문제다. 에르간은 이를 바드득 갈았다.

'구사일생'이라는 특수 권능이 있기는 하지만 반가사 상태에서도 이 권능이 통할지는 미지수.

'젠장.'

아무리 욕을 하고 발악을 해봐도 신체 재구성의 실패에 대한 가사 상태에서는 빠져나올 수 없었다. 그런데 그때, 알림이 들려왔다.

-전대 세인트 로드. 엔드라움의 소환 의식이 실행됩니다.
-전대 세인트 로드의 소환에 응하시겠습니까?
-전대 세인트 로드의 소환은 강제력을 갖지 않습니다.

에르간의 몸이 움찔했다.

'엔드라움의 소환?'

엔드라움. 설정상 전대 세인트 로드이자 세계 12대 초인 중 한 명 아닌가. 성스러운 무덤의 주인이기도 했고.

'나를 소환해?'

그는 생각했다.

'그 정도 능력을 가진 NPC라면······.'

그러면 이렇게 가사 상태에 빠져든 자신을 회복시켜 줄 수도 있을 것 같다.

-엔드라움의 소환에 응할 시, 신체 재구성 실패에 대한 페널티가 일부 감소합니다.
-최소한의 움직임이 허용됩니다.

전투는 불가하다. 뛰는 것도 안 된다. 다만 천천히 움직이고 말을 하는 것 정도는 가능하다.
'역시.'
역시나가 역시나다.
'될 놈은 뭘 해도 되는 법.'
태르민 일가가 잠시 주춤하고는 있다지만 그래도 태르민 일가다. 태르민 일가는 한국을, 더 나아가 전 세계를 발밑에 둘 수 있을 정도의 능력을 가진 가문이다. 에르간은 그렇게 확신했다.
'이 클래스는 엄청난 잠재력을 가진 클래스.'
비록 실패하기는 했지만 모든 스탯이 100 상승할 뻔했다. 아마 성장 여력이 아직도 많이 남아 있을 거다. 이런 클래스를 준 장본인인 세인트 로드의 소환. 당연히 받아들여야 하는 것 아니겠는가.

-'엔드라움의 소환'에 응합니다.
-'엔드라움의 소환 의식'이 시작됩니다.

그가 누워 있는 땅 밑에 하얀색 마법진이 생겨났다. 에르간은 어지러움을 느꼈다.

-'성스러운 무덤'으로 이동합니다.

한주혁 일행에게 목소리가 들려왔다.
-네게 죽음이 임하리라. 나. 세인트 로드. 엔드라움의 권능으로.
그와 동시에 루펜달이 외쳤다.
"그렇게 외치다가 뚝배기 깨진 애들 많다."
땅이 울리든, 지진이 일어나든, 세계 12대 초인이 나타나서 권능을 발휘하든. 그런 건 루펜달에게 중요하지 않은 것 같았다.
"형님이 뚝배기 브레이커시다, 이 X밥 새끼야!"
루펜달에게서 두려움이라곤 전혀 찾아볼 수 없었다. 그런 루펜달의 눈에 무언가가 보였다.
'마법진?'
세인트 로드라더니.
"마법사냐?"
사실 마법사인 건 그다지 중요하지 않았다.
"X나 맞겠구나."

참고로 루펜달은 성좌다. 시스템상 따지고 보면 엔드라움과 같은 속성이며, 엔드라움과 같은 편에 서야 하는 것이 맞다.

엔드라움이라 짐작되는 목소리가 잠시 할 말을 잃었다. 약간의 시간이 지나고 나서야, 엔드라움이 말을 이었다.

-내 비록 너희를 직접 처단하고 싶으나. 후대의 일은 미래 세대에게 맡겨야 함이 옳다.

거기서 한주혁을 깨달을 수 있었다.

'저거, 소환 마법진인가?'

소환 마법진인 것 같다. 한주혁이 당황한 것처럼 말했다.

"설마. 후대 세인트 로드가 이미 결정되었다는 말인가?"

후대 세인트 로드. 한주혁도 이미 알고 있다. 6번 성좌였던 에르간. 그가 히든 클래스인 세인트 로드로 전직했다.

한주혁의 당황한 모습을 본 한세아는 확신했다.

'우리 오빠.'

세인트 로드에 대해서 너무나 잘 알고 있는 게 틀림없었다. 동생인 그녀가 보기에는 확실했다. 다만, 엔드라움이 그걸 모를 뿐.

한주혁의 당황한 모습을 본 건지. 목소리에는 여유가 좀 생겼다.

-그렇다. 나의 의지와 진전을 이어받은 자. 현시대의 세인트 로드 에르간이 너희를 직접 죽여줄 것이다. 사악한 힘을 가진 자들이여. 그리고 비겁하고 타락한 자들이여.

한주혁이 물었다.

"어째서 네 힘이 아닌 현시대의 세인트 로드의 힘을 사용하려는 거지? 비록 의지만이 남아 있다고는 해도, 네가 현시대의 세인트 로드보다는 강하지 않은가?"

-미래에 나의 의지를 맡겨야 하기 때문이다.

쉽게 말해, 힘을 쓰는 것은 '엔드라움의 의지'가 '직접' 절대 악 파티를 치는 것이 더 강하다. 그의 의지는 세계 12대 초인 중 한 명의 의지이고, 강력한 힘을 발휘할 테니까.

한주혁이 낙담한 듯 중얼거렸다.

"미래를 위한 투자인가. 비록 지금은 더 약할지라도."

한 번 힘을 쓰는 건 엔드라움이 직접 쓰는 게 강하지만, 에르간을 소환하여 에르간에게 특별한 힘을 부여할 생각인 것 같았다. 지금은 좀 약할 수도 있지만, 미래를 위한 투자라고 생각하는 것 같았다.

-어차피 출구는 없다. 더러움과 비겁함으로 점철된 너희에게 남은 것은 죽음뿐.

이윽고 소환 의식이 종료되었다. 하얀색 마법진 속에서, 누군가 모습을 드러냈다.

꼬꼬가 고개를 갸웃했다.

키엑?

어디서 많이 본 거 같은데.

키엑?

이상하네. 본 거 같은데 기억이 안 나네.

워낙 스쳐 지나간 인연(?)이라 꼬꼬는 에르간을 기억하지 못했다. 원래 때린 사람은 맞은 사람을 기억하지 못하는 법이다. 모든 스탯 100 상승을 무산시킨 주인공인 꼬꼬는 에르간을 잊었다.

목소리가 또 들려왔다.

-세인트 로드 에르간. 네게 그 어떤 시련이 있었던 것이지?

그 물음에, 에르간은 대답하지 못했다.

'아이씨.'

소환진이 굉장히 강력했던 것 같다. 평상시 몸의 상태면 괜찮았을 텐데, 겨우 움직일 수 있을 정도의 몸으로는 소환진의 힘을 제대로 감당할 수가 없었다. 지금은 말도 안 나오는 상태.

엔드라움이 진지하게 물었다.

-그 어떤 사악한 힘이 세인트 로드를 그렇게 핍박할 수 있었지?

에르간은 여전히 대답하지 못했다. 한주혁은 어이가 없어 에르간의 시체(?)를 쳐다봤다.

'잘 도망친 줄 알았더니.'

저런 꼴이 되어 있을 줄은 몰랐다.

-나의 의지를 소모하여, 나의 힘을 소모하여, 현세대의 세인트 로드를 회복시키길 염원한다.

관 뚜껑이 완전히 열렸다. 그곳에서 하얀빛이 새어 나와 에르간의 몸에 스며들기 시작했다.

현재는 안전지대가 설정되어 있는 상황. 한주혁은 상황을 잠자코 지켜봤다.

'잘됐네.'

세인트 로드의 권능이 얼마큼 강한지는 모르겠지만, 그걸 또 소모하여 거의 가사 상태에 빠져든 에르간을 회복시킬 모양이다. 그만큼 그의 힘이 약화되는 것 아니겠는가.

에르간에게는 '성스러운 무덤'이고 한주혁에게는 '엔드라움의 무덤'인 곳에 필드 전체 알림이 들려왔다.

-세인트 로드에게 '절대적인 치료'의 권능이 임합니다.
-'절대적인 치료'의 권능이 임하는 동안, 안전지대 설정은 유효합니다. 공격할 수 없습니다.
-'절대적인 치료'의 권능에는 120초의 시간이 필요합니다.

에르간의 회복에 주어진 시간은 120초. 그 시간 동안 '엔드라움의 의지'는 에르간에게 완벽한 힘을 주기를 원하는 것 같았다.

-네게 핍박과 시련을 가한 상대가 누구인지 알 수는 없다. 그러나.
-나의 모든 힘을 소모하여. 다가올 미래에 나의 의지를 걸겠다.

공간을 울리는 목소리가 계속해서 이어졌다. 에르간에게만 알려줘도 될 것 같은데, 굳이 전체에게 알려주었다.

한주혁이 어깨를 으쓱했다.

'마치 과시하려는 것 같네.'

내가 힘을 이렇게 많이 부여한다. 알아서 기어라. 이렇게 말하는 것 같았다.

-마침 지금의 상황에 딱 맞는 권능이 내게 남겨져 있으니.

그 권능을 에르간에게 써주기로 한 모양이다.

-핍박과 시련을 가한 대상이 아닌 그 누구도 세인트 로드를 해하지는 못하리라. 나의 의지가 너를 보호하리니.

그 말에 한주혁이 인상을 살짝 찡그렸다.

'핍박과 시련을 가한 대상이 아닌 그 '누구도'라고?'

그 말은 곧.

'에르간을 저렇게 만든 사람만이, 저놈을 공격할 수 있다는 얘기가 되는 건가?'

에르간에게 무슨 일이 벌어졌는지는 모른다. 아마 밖에서 어떤 공격을 받았거나.

'정말 좋게 생각하면 적대악인 나한테서 공격을 받아 저렇게 되었다고 생각할 수 있는데.'

지금 적대악이 되어 놈을 공격하기는 좀 아깝지 않은가. 현재 적대악의 정체는 철저히 비밀에 가려져 있는 상태니까.

'소환되기 전, 누구에게 공격받은 거지?'

12장로? 데미안?

'그들과 부딪쳤다면 내게 얘기가 있었을 건데.'

그것도 아니면 누가 에르간을 저렇게 만들었단 말인가.
남아 있는 시간은 이제 약 60초가량.

-세인트 로드의 망가진 신체를 재구성합니다.
-세인트 로드의 모든 스탯이 3만큼 증가합니다.
-세인트 로드. 에르간에게 특수한 권능이 일시적으로 부여 됩니다.

이제 남아 있는 시간은 약 40초가량.
'케르핀의 낙서장을 사용할 수 있나?'
공격 불가 설정은 굉장히 까다로운 설정이다. 그 설정을 뛰어넘는 등급을 가진 공격을 가지지 않았다면, 상대를 공격조차 할 수 없으니까. 대체로 성좌들은 이런 까다로운 능력들을 하나씩은 갖고 있지 않았던가.

-특수한 권능 부여가 완료되었습니다.
-특수한 조건을 가진 자만이 세인트 로드를 공격할 수 있습니다.

엔드라움이 후후후- 하고 웃었다. 이 상황에서 정말 적절한 권능 아닌가.
-나는 이제 눈을 감겠지만. 우리의 미래는 따뜻할 것이다.
사악한 힘을 가진 저놈들은 현시대의 세인트 로드에 의하여 죽을 테니까.

-미래에 나의 의지를 걸겠다.

그의 말이 끝나자마자, 전체 알림이 들려왔다.

-세인트 로드의 모든 스탯이 일시적으로 30만큼 상승합니다.

회복 시간이 종료됐다.

한주혁은 에르간을 공격할 수 없었다. 엔드라움의 말이 맞았다. 공격 불가 설정이 걸려 있었다.

'어떻게 하지?'

케르핀의 낙서장을 사용해야 하나? 잠시 고민했다. 그런데 그때 꼬꼬가 뒤뚱거리며 달려가기 시작했다.

꼬꼬가 포효했다.

키에에에엑!

너. 기억났다!

키에엑!

기억났다!

꼬꼬는 기억해 낼 수 있었다. 주인님께로 날아오는 와중에 무엇인가와 부딪쳤던 기억이 있다. 정확히 기억나지는 않았지만 저런 하얀색 기운 같은 것을 뿜어대는 약한 녀석이었다.

키엑!

너 먹을 수 있는 거냐?

키에에엑!

너 맛있냐?

6번 성좌이자, 현세대의 세인트 로드가 된 에르간이지만 꼬꼬의 눈에는 그저 맛이 있을지 없을지 불확실한, 약간 도박성을 가진 음식일 뿐이었다.

키에에에엑!

꼬꼬가 열심히 달렸다.

그 모습을 보고 있는 건지, 엔드라움의 목소리가 들려왔다.

-무지한 미물에게 무슨 죄가 있으리오.

나쁜 것은 사람이다.

전대 세인트 로드, 엔드라움이 보기에 꼬꼬는 영물의 형상을 하고는 있지만 그래도 영물은 아니었다. 그렇다면 지능은 굉장히 낮을 터.

-본능에 충실하여 움직이는 미물에게는 죄가 없다.

하지만 주인을 잘못 만났다. 그 죄로, 저 미물은 이제 죽을 것이다.

-지금은 그 누구도 공격할 수 없는 상태다. 내 말을 알아들을 수 있을지 모르겠지만, 알아듣는다면 어서 도망쳐라. 네 주인은 이곳에서 잠들 것이다. 나와 함께.

꼬꼬가 외쳤다.

키엑!

닥쳐!

그리고 스킬을 사용했다.

-스킬. 불꽃의 부리 쪼기를 사용합니다.

콕! 콕! 콕! 콕!
꼬꼬의 부리가 에르간의 몸통을 쪼았다.
-소용없다. 미…….
지금은 특수한 권능이 부여된 상태. 따라서 에르간은 그 누구에게도 공격 받지 않아야 한다.

강제 소환을 통해 이곳으로 왔으니, 소환당하기 전의 적대적인 세력은 이곳에 없을 테니까. 무조건적으로 승리할 수밖에 없는 권능을 부여했다. 그걸 위해 힘도 많이 사용했는데.

에르간이 비명을 질렀다.

"크아아악!"

그러고서 볼썽사납게 도망치기 시작했다. 모든 스탯 30 증가도 의미가 없었다. 그것을 통해, 도망을 좀 더 잘 칠 수 있을 뿐.

키에엑!

거기 서라!

꼬꼬가 열심히 뒤를 쫓았다. 분명 피닉스 형태의 새이건만, 날지 않고 굳이 달렸다. 옆에서 보고 있노라면, 마치 장난감을 쫓는 비만 강아지 같은 모양새였다.

한세아가 물었다.

"지금 뭐 특별한 권능 있다고 안 했어?"

"했어."

"근데 어떻게 꼬꼬가 쟤를 공격해?"

"몰라?"

"꼬꼬한테 설정 무시 속성 이런 거 있는 거 아냐?"

"그런 건 없는데."

한주혁도 영문을 알 수 없었다. 꼬꼬가 에르간을 어떻게 공격할 수 있는 것인가.

"그냥 망놈망이지."

"그건 그래."

뭘 해도 될 놈은 된다. 한세아는 그렇게 생각했다. 오빠만 봐도 그렇지 않은가. 반대로 망할 놈은 뭘 해도 망한다.

에르간이 딱 그렇다. 엔드라움이라는, 과거의 초인이 이 상황에 딱 맞는 권능을 사용해 줬는데 그게 독이 됐다. 한세아가 혀를 찼다.

"근데 좀 굴욕적이긴 하겠다."

에르간이 괴성을 내뱉었다. 정수리를 많이 쪼였다. 굉장히 아팠다.

"내가 세인트 로드다!!"

도망만 쳐서는 답이 없다고 느꼈는지, 도망치면서 공격을 준비하는 듯했다.

그래서 한주혁이 사용해 줬다.

-스킬. 악의 독려를 사용합니다.

 이쪽에서 직접적으로 에르간을 공격할 수는 없다. 하지만 꼬꼬를 통해 공격할 수는 있다. 꼬꼬를 강력하게 만들어주면 일이 쉬워진다.
 "세인트 로드를 뭐로 보는 거냐!"
 키에에엑!
 날개를 활짝 펼친 꼬꼬의 눈동자가 살짝 풀려 있었다. 무언가 황홀경에 빠진 것만 같은 그런 모양새. '악의 독려' 버프를 받았을 때, 꼬꼬는 이러한 모습을 종종 보이곤 했다.
 루펜달이 외쳤다.
 "가라! 꼬르가즘!"
 루펜달은 이러한 꼬꼬의 모습을 일컬어 '꼬르가즘'이라고 명명했다. 루펜달의 말이 들리는 건지, 들리지 않는 건지, 꼬꼬는 아까보다 훨씬 더 빠른 속도로 에르간을 향해 달렸다.

-스킬. 불꽃의 부리 쪼기를 사용합니다.

 콕. 콕. 콕. 콕.
 루펜달은 에르간이 어떤 공격을 하려고 했는지는 알 수 없었지만 그래도 한 가지는 확실히 보였다.

"꿇어라! 너는 이제 X밥이다!"

H/P가 이미 절반 이상 떨어져 내렸다. 악의 독려를 받은 꼬꼬는, 빈사 상태에서 겨우 벗어난 에르간보다 훨씬 강했다.

콕. 콕. 콕. 콕.

부리 쪼기 말고도 여러 가지 공격 기술을 갖고 있는 꼬꼬지만 굳이 부리로 쪼았다. 다른 곳도 아니고 일부러 정수리만 쪼았다.

키엑.

너 맛 없다.

맛은 없는데 주인님께서 악의 독려까지 걸어줬다. 이놈 계속 쪼면 칭찬받을 수 있을 것 같다.

꼬꼬는 기분이 아주 좋은 상태다. 루펜달이 말하는 '꼬르가즘' 상태. 꼬꼬는 주인님의 칭찬을 받고자 열심히 에르간을 쪼고, 쪼고 또 쪼았다.

"제기랄!"

에르간은 도망칠 수 없었다.

'H/P가……!'

H/P가 10퍼센트 이하로 떨어졌다.

'구사일생은 왜 발동이 안 되냐!'

구사일생 권능을 통해 도망이라도 쳐야 하는데, 어째서 이 권능조차도 발동이 안 되는지 모르겠다.

'제발, 제발 구사일생!'

이미 도망치기는 포기했다. 도망치기에는 이 닭대가리가 너무 빨랐다. NPC화된 에르간의 정수리에서 피가 났다. 어쩐 일인지, 구사일생 권능이 발현되지 않았다.

이윽고 그는 이유를 알 수 있었다.

-구사일생 권능이 발현되지 않습니다.
-구사일생 권능의 쿨타임은 72시간입니다.

에르간은 도망치지 못했다. 루펜달이 흐흐흐- 하고 웃었다.
"어떠냐? 뚝배기 브레이커. 펫 2호의 위엄이다."
그렇게 얼마간 시간이 흘렀을 때. 결국, 꼬꼬는 세인트 로드 에르간을 사냥하는 데 성공했다. 에르간이 검은 잿더미로 변했다.

한주혁조차도 황당해하는 사이, 알림이 들려왔다.

-축하합니다.
-6번 성좌를 사살하였습니다.

원래는 3번 사살을 해야 완벽한 사살로 인정이 된다. 보통은 전투 결과 창에 'N/3'으로 표시되지 않는가.

-6번 성좌의 NPC화를 확인합니다.

-6번 성좌는 부활할 수 없습니다.
-6번 성좌를 완전히 사살하였습니다.
-6번 성좌의 소멸을 확인합니다.
-전투 결과창이 업데이트됩니다.

한주혁이 씨익 웃었다.
'뭐냐, 이거?'
꼬꼬의 부리 쪼기가 생각지도 못했던 이득을 가져왔다.
'세 번 안 죽여도 돼?'
세 번 안 죽였는데, 죽인 것으로 인정이 되는 것 같았다. NPC화된 성좌니까. 한 번 죽으면 끝이니까.
한주혁은 거기서 감을 얻었다.
"마리안, 저거 검은 잿더미. 사라지기 전에 얼른 언데드화시켜."
지금 보아하니 검은 잿더미에서는 아무런 말도 표현되지 않고 있다. 다시 말해, '현시대의 세인트 로드의 자아'는 사라진 상태. 그 자아는 당연히 현실의 에르간이다.
"저거를?"
성좌들은 저항력도 강하고, 언데드화시켜도 제대로 활용하기가 쉽지 않다. 자아가 있으니까. 그래서 오히려 사령술에 방해가 된다.
"응. 저거 자아 없을 거야."
말 그대로 시체만 남아 있다. 현실 속 에르간은 강제 로그아웃된 것 같으니까.

"얼른, 저거 없어지기 전에."

"알겠어. 오빠 말대로 해볼게."

그사이, 엔드라움의 목소리가 들려왔다. 굉장히 많이 떨렸다.

-네놈들……

엔드라움의 목소리에는 후회가 깃들어 있었다.

-차라리 내 직접 너희들을 쳤어야 했거늘…….

미래를 위해 투자했는데 그 투자가 철저히 망해 버렸다. 저 사악한 힘을 가진 주체도 아니고, 주체가 거느린 미물에게 현 시대의 세인트 로드가 이렇게 무참하게 사망할 줄은 몰랐다.

-어떻게 저런 자가 나의 후인이 될 수 있었는가……!

이미 너무 많은 힘을 사용했다. 이제 엔드라움의 의지에도 딱히 선택지가 남아 있지 않은 것처럼 보였다.

"일어나라. 죽음의 병사여!"

엔드라움이 버럭 소리를 질렀다.

-그 무슨 사특한 짓인가!

그래도 현시대 세인트 로드의 시체다. 저 시체를 누가 감히 언데드화시킨단 말인가.

-애통하고, 애통하고 또다시 애통하다……!

저런 말도 안 되는 짓을 눈으로 보고 있다는 것. 가만히 지켜볼 수 없다는 것에 굉장히 분노하는 것 같았다.

한주혁이 천세송의 머리를 슥슥 쓰다듬었다.

"잘했어."

세인트 로드의 시체가 언데드가 됐다. 천세송은 활짝 웃었다.

"와. 오빠, 이거 능력치 진짜 엄청 좋은데?"

"그래?"

"내가 아직 활용에 익숙하지 않아서 그렇지, 잘만 활용하면 진짜 좋은 것들 많아. 이런 능력을 가지고 꼬꼬한테 저렇게 당한 거야?"

한주혁은 단순히 그렇다고만은 볼 수 없다고 생각했다.

"네 특수 능력 덕택에 언데드화되면 등급 자체가 올라가잖아. 원래 세인트 로드보다는 더 세졌을 거야."

"그건 그런데, 나랑 상성이 너무 안 맞아서 등급 하락도 있었거든. 하락했다가 내 특수 속성 때문에 다시 상승했으면 어차피 거기서 거기 아니야?"

"그건 그렇지."

천세송이 진지한 얼굴로 감탄했다.

"나도 센스 없는 편인데. 에르간은 정말 더더욱 센스 없던 것 같아."

천세송과 한주혁은 그다지 긴장하지 않은 상태로, 편안하게 대화를 이어갔다. 그 모습에 엔드라움은 복장이 터지는 듯했다.

-내 완전한 모습만 갖추고 있었더라면……! 너희들을 정화시켜 버렸을 것이다!!

루펜달이 간단하게 대답했다. 늘 그렇듯, 패기 넘치게 말이다.

"근데 지금은 X밥이잖아?"

지금은 단순 의지체일 뿐이고. 과거 12대 초인으로서의 힘은 없는 상태다. 지금은 약하다. '내가 소싯적에 이랬는데' 하는 것과 뭐가 다르단 말인가. 루펜달의 시각에서는 그랬다.

루펜달이 훈계했다.

"어디 형느님과 형수님이 얘기하는 데 버릇없게 끼어드나? 어디서 배워먹은 버르장머리야?"

엔드라움의 기분을 대변하듯, 그의 무덤이 바르르 떨렸다.

루펜달은 기가 차다는 듯, 굉장히 당당한 태도로 말했다.

"형렐루야, 형멘 몰라?"

엔드라움은 살아생전 느껴보지 못했던 굴욕감을 느꼈다. '엔드라움의 무덤' 필드가 계속해서 바르르- 떨렸다.

한주혁이 심안을 통해 주변을 계속 살폈다.

'뭔가 이어지겠네.'

엔드라움의 의지가 온전한 상태로 이곳을 통제했다면 일이 훨씬 어려워졌을 거다. 다행히 엔드라움이 잘못된 투자를 하는 바람에, 일이 굉장히 쉬워졌다. 성좌까지도 잡아버렸다. 생각지도 못했던 수확.

엔드라움의 목소리가 계속해서 이어졌다.

-너희는 절대로 이곳에서 그 무엇도 얻지 못할 것이다.

한주혁이 어깨를 으쓱했다.

'아, 그거 때문인가?'

그래서 성좌를 세 번 잡은 것에 대한 보상이 주어지지 않은 것 같다. 엔드라움의 의지가 보상을 통제하고 있으니까.

-또한, 너희는 이곳의 뜨거운 열기에 녹아내릴 것이다. 그리고 너희는 이곳에서 그 어떤 것도 가져갈 수 없을 것이다. 이제 나의 의지와 나의 이름은, 저 뜨거운 열기 속에 녹아 사악한 힘과 함께 역사 속으로 사라질 것이다.

주변이 뜨겁게 달아올랐다. 처음 이곳에 왔을 때와 비슷했다.

'용암.'

이곳이 점점 더워지기 시작했다. 엔드라움의 목소리가 작아졌다.

-함께, 사라지는 거다.

엔드라움의 의지가 힘을 많이 잃은 듯했다. 그와 동시에 비어 있는 관의 뚜껑이 저절로 닫히기 시작했다.

엔드라움의 목소리가 아닌, 던전 알림이 들려왔다.

-'엔드라움의 관'이 닫히기 시작했습니다.
-'엔드라움의 관'이 닫히면 필드는 붕괴됩니다.
-'엔드라움의 관'이 닫히는 데 소요되는 시간은 30초입니다.

엔드라움이 남긴, 마지막 안배인 듯했다. 한주혁도 순간 인상을 찡그렸다.

파천보법을 펼쳐 관의 뚜껑을 열어보려 했지만 그럴 수 없었다. 힘이 부족한 게 아니라, 설정값이 한주혁을 방해했다.

-뚜껑을 인위적으로 움직일 수 없습니다.

남은 시간은 27초. 주변은 점점 더 뜨거워졌다. 필드를 용암이 덮은 것 같았다.
한주혁이 관 뚜껑에서 손을 뗐다.
'귀찮게······!'
단순 힘으로는 안 된다.
'일단 케르핀의 낙서장을 사용할 준비를 하고.'
사기적인 아이템이라 할 수 있는 케르핀의 낙서장은 바로 사용할 수 있는 준비를 끝마쳤다.
한세아가 물었다.
"오빠, 어떻게 하려고? 케르핀의 낙서장 안 써?"
"어. 일단 다른 방법으로 해보게."
남은 시간은 20초.
될지 안 될지는 모르겠다. 하지만 매번 케르핀의 낙서장에 의지할 수는 없다. 퀘스트를 진행하는 과정에서 얻었던 정보들을 종합해 봤을 때. 다른 방법이 분명 존재할 것 같았다.
'해본다.'
한주혁의 손이 빠르게 움직였다.

6장
될놈될 안될안의 법칙

남은 시간은 20초. 한주혁은 한 가지 사실에 착안했다.
'세인트 비즈의 설명이 분명…….'
세인트 비즈를 떠올렸다.

<상세설명>

　세계 12대 초인 중 한 명이었던 세인트 로드 엔드라움의 장례식은 성전 발발 7일 전에 이루어졌습니다. 장례식은 엔드라움의 유언에 따라 달빛의 연인의 주도 아래 이루어졌고, 세인트 로드의 비즈는 엔드라움의 관 속에서 발견된 유품입니다. 세인트 로드의 비즈가 어떻게 만들어졌는지는 알 수 없습니다만 세니아의 눈물과 엔드라움의 정기, 보름달의 달빛이 만나 형태를 이루었다고 추정됩니다.

세인트 로드의 비즈는 또 다른 세계 12대 초인 중 한 명인 구마도스가 처음 발견하였으며, 구마도스가 착용하였던 아이템이기도 합니다.

이 상세설명에는 두 가지 키워드가 있다. 하나는 이 '세인트 로드의 비즈'가 관 속에서 발견되었다는 것. 그리고 또 다른 하나는 '구마도스가 처음 발견하여 착용하였던 아이템'이라는 것.
'상세설명에 따르면……'
장례식을 주도한 이들은 달빛의 연인 세니아와 루폰테였다. 그런데 관 속에서 가장 먼저 비즈를 발견한 사람은 구마도스였다.
'그리고 그 구마도스의 장갑이 나한테 있잖아.'
한주혁의 생각은 길지 않았다. 남은 시간은 그래 봐야 20초가량. 그는 빠르게 관 앞으로 움직였다.
'단순히 구마도스의 장갑만으로는 어떻게 할 수 없어.'
구마도스 장갑만 껴서는 저 관 뚜껑을 움직일 수 없다.
'여기에 세인트 로드의 비즈까지 더해진다면.'
맞을지는 모르겠다. 과연 이게 먹힐지.
구마도스의 장갑. 그리고 세인트 로드의 비즈. 이 두 가지 아이템을 한꺼번에 착용하고 관을 만진다면 어떠한 변화가 있지 않을까, 그냥 그런 생각을 한번 해봤다.
구마도스 장갑은 이미 착용하고 있는 상태.

'비즈 형태의 아이템도 착용 가능하겠지?'

가능할 거다. 인벤토리창을 열어보면 비즈를 착용할 수 있는 슬롯은 없다. 하지만 상세설명에도 버젓이 나와 있지 않은가.

-구마도스가 착용하였던 아이템이기도 합니다.

전에는 대충 보고서를 넘겼었는데, 지금 순간에 이르자 거기까지 생각에 이르렀다.

'슬롯이 없기는 한데.'

한번 시도는 해보기로 했다. 이제 남은 시간은 15초가량. 보통 아이템을 착용할 때에는 클릭하여 드래그를 하기도 하지만, 더블 클릭으로 착용하기도 한다. 착용 슬롯이 따로 없어서 더블 클릭을 써봤다.

-'구마도스의 장갑'을 확인합니다.
-히든 슬롯이 생성시킬 수 있습니다.
-히든 슬롯을 생성시키시겠습니까?

한주혁은 더 생각할 것도 없이 바로 생성을 선택했다. 남은 시간은 해봐야 10초가량이다.

-비즈 착용 슬롯이 생성됩니다.

-비즈 착용 슬롯은 구마도스의 장갑을 착용하고 있을 때에만 활성화됩니다.

새로운 슬롯이 한 칸 생겼고 거기에 '세인트 로드의 비즈'를 옮겨놓을 수 있었다. 한주혁이 새로운 아이템을 착용했다.
그러고서 관을 쳐다보자.
'움직일 수 있겠다……!'
느낌이 왔다. 그냥 절대악은 만질 수 없지만, 구마도스 장갑과 세인트 로드의 비즈를 함께 가진 절대악이라면 관 뚜껑을 움직일 수 있는 것 같았다.
엔드라움의 목소리가 들려왔다.
-네놈이 어떻게……! 어떻게 구마도스의 장갑과 나의 비즈를 함께 가지고 있는 것이더냐!
한주혁이 씨익 웃었다.
"잘."
그냥 뭐, 대충 이렇게 저렇게 하면 그냥 되던데.
"내가 구마도스 형이랑 좀 친해."
남은 시간은 이제 5초가량. 엔드라움이 탄식했다.
탄식하는 와중에, 잠시 타이머가 멈췄다.
한주혁은 그 잠깐의 타이밍을 놓치지 않았다.
'설정상…… 꼭 들어야 하는 얘기인가?'
엔드라움의 말을 쉼표 하나까지 기억하기로 했다.

-네놈은 블랙의 후손이 틀림없겠구나.

한주혁은 대답하지 않았다. 블랙의 후손? 대도 블랙과 연관이 있는 얘기인가?

-그놈의 잔재주가 이 땅에서도 질서를 어지럽히고 있다니.

계속해서 탄식했다.

-정녕 이 세상이 위험하구나. 진정 사악한 위협이 강림하겠구나.

설정되어 있는 내레이션처럼, 엔드라움이 말을 이었다.

-그러나 결코 자신하지 말지어다. 우리의 후인들과 우리를 감싸 안는 성스러운 수호의 빛이, 결코 악을 용서하지 않을 것이다.

또한.

-절대로 이곳을 빠져나갈 수 없을 것이다. 네가 우리 후인들의 보물을 훔쳤다고 할지라도…….

후인들의 보물. 세계 12대 초인의 아이템들을 일컫는 것 같다.

-그러한 잔재주로는 어찌할 수 없을 터. 내 비록 지옥에 떨어지더라도. 내 마지막 힘을 끌어 관을 잡을 것이다.

그와 동시에 타이머가 다시 움직이기 시작했다.

남은 시간은 이제 4초. 관이 더욱 빠른 속도로 닫히기 시작했다. 한주혁이 그 관을 붙잡았다.

힘을 꽉 줬다.

'뭐가 이렇게 세?'

남은 시간은 이제 3초. 한주혁의 목에 핏대가 섰다.

'제기랄.'

진짜 엔드라움도 아니고, 엔드라움이 남겨놓은 의지에 불과할 뿐인데. 심지어는 에르간을 소환하고 에르간에 투자하느라 또 많은 힘을 썼다는데.

남은 시간은 2초.

'지금 힘으로는 빠듯해.'

움직일 수가 없다. 아까는 설정 때문에 관 뚜껑을 움직일 수 없었다면, 지금은 힘의 부족 때문에 저걸 열 수가 없었다. 문은 열리지도 않고, 닫히지도 않는 상황. 케르핀의 낙서장을 썼다고 해도, 실패할 뻔했다.

'안 되겠다.'

남은 시간은 겨우 1초. 관 뚜껑이 닫히면, 이곳이 용암 속에 가라앉는다고 했다. 델리트 권능이 포함되어 있는 곳일 확률이 높았다.

3충성은 이곳이 굉장히 뜨겁다고 느꼈다. 타이머를 보자 1초가 남아 있었다. 여기서 절대악의 전설도 끝나는 게 아닐까 싶을 정도.

'안 돼……!'

지금으로써는 방법이 없어 보였다. 스킬 한 번으로 수십만을 때려잡는 절대악인데. 지금은 힘에서 밀리는 것 같았다.

엔드라움이 이렇게 외쳤다.

-악을 멸하라!

그와 동시에 알림이 들려왔다.

-관의 뚜껑이 닫히지 않도록 막는 데 성공하였습니다.
-관의 뚜껑이 닫히지 않았습니다.

엔드라움의 탄식이 들려왔다.
-아…….
그 '아'는 그냥 '아'가 아니었다. 그 한 음절에는 굉장히 다양한 감정이 섞여 있는 것처럼 들렸다.

-'엔드라움의 의지'가 소멸됩니다.

그와 동시에 한주혁이 잡고 있던 '관의 뚜껑'이 사라지고, 빛무더기가 흩어지기 시작했다. 마치 구더기로 이루어져 있던 준 보스 몬스터 '라리엘'이 사라질 때와 비슷했다.

한주혁이 씨익 웃었다.
'이게…… 이렇게 이어지는 거구나.'
찾았다.
'관 안에 작은 워프 포탈이 존재하네.'
지금 한주혁이 클리어하고 있는 퀘스트는 '특수한 조건'이다.

<특수한 조건>

대천사 라리엘은 벨리칸의 깃털을 사용하여 마계로 가는 문. 세인트 게이트를 열었던 경험이 있습니다. 세인트 게이트는 특별한 장소에서만 개방 가능합니다.
1) 특별한 장소를 찾으십시오.
2) ?
+ 상세설명

상세설명에는 특별한 장소를 찾기 위해 엔드라움의 무덤을 찾으라는 내용이 있었고 한주혁은 결국 찾아냈다.

-퀘스트창이 업데이트됩니다.

덕분에 퀘스트창이 업데이트됐다. 그런데 그걸 확인하기도 전에 또 다른 알림이 이어졌다.

-엔드라움의 의지가 소멸됨에 따라, 정상적인 보상이 이어집니다.
-보상을 산정하고 있습니다.

한주혁이 만족한 듯 가볍게 웃었다.
'그렇지. 바로 이거지.'

엔드라움이 '이곳에서 아무것도 얻을 수 없으리라!'라고 외쳐댄 덕분에 보상이 잠시 보류되지 않았던가. 그런데 그 보상이 이제 주어진단다. 바로 성좌를 세 번 사살한 것에 대한 보상 말이다.

'여러모로 개이득인 퀘스트네.'

적대악으로 활동하고 있는 덕분에, 절대악으로서 얻을 이득을 극대화해서 얻고 있는 것 같은 기분이다.

-6번 성좌 에르간을 사살하였습니다.

원래는 세 번 사살해야 하는데. 에르간의 NPC화 덕분에 운이 좋았다.

보상 지급에 시간이 좀 걸렸다. 보편적으로, 좋은 보상일수록 시간이 오래 걸린다는 점을 생각했을 때, 보상 산정에 시간이 오래 걸리면 걸릴수록 좋다.

한세아가 물었다.

"오빠, 오빠, 오빠. 그럼 에르간을 완전히 죽인 거로 되는 거야? 언제 세 번 죽였어? 언제? 나는 몰랐는데. 언제 그랬어?"

한주혁은 귀찮다는 듯 손을 내저었다. 동생이 오빠를 세 번 부르는 것도 귀찮고 언제냐고 세 번 묻는 것도 귀찮았다.

"우씨. 동생이 좀 물어볼 수도 있지."

"귀찮아."

설명하려면 적대악으로 활동하면서 에르간이 NPC화된 것도 설명해야 하고. NPC화된 덕택에 한 번의 사살이 세 번의 사살과 동일시되었다는 것도 다 설명해야 하지 않는가. 사실 설명하는데 1분도 안 걸리지만, 그래도 친동생한테 무려 1분을 할애해야 한다는 건, 친오빠의 입장에서는 아주 비통한 일이다.

"오빠. 마리안도 궁금하대."

"아, 그래? 이게 어떻게 된 거냐면……"

그러면 설명해 줘야지. 그래서 대충 설명해 줬다. 아주 간단히 에르간은 플레이어가 아닌, 로그인하는 NPC가 됐다고.

다들 납득했다. 하지만 3층성은 납득하지 못했다.

'왜 나만 이해가 안 돼?'

에르간이 언제 NPC가 됐지?

'애초에 플레이어가 NPC가 될 수가 있나?'

그러면 뭐가 좋지?

'마나 흐름을 좀 자연스럽게 느낄 수 있나? 특별한 권능이 생기나? 뭐가 좋지? 부활도 못 하는데……'

그런데 또 6번 성좌인 에르간이 굳이 NPC화를 택했다면, 뭔가 이유가 있는 것 아니겠는가. 분명 엄청난 메리트가 있을 테니, 부활을 포기하고서 NPC가 된 것일 텐데.

'도무지 모르겠다!'

논리적인 설명이 불가능했다. 그나마 이곳에 있는 사람들

중, 3층성의 마음을 가장 잘 읽는 루펜달이 3층성의 어깨를 토닥였다.

"야."

"왜?"

"너 지금 이해 안 되지?"

"……."

"NPC되면 열라 좋은 건 맞을 거야."

"……."

"근데 하필이면 형님 앞에 있어서 너무 약했을 뿐이지."

"……."

"원래는 열라 좋았을 거야. 권능도 한 사바리 있었을 거고."

"……."

"문제는 형님이랑 싸워서 그렇지."

"……."

"형님한테 안 깝치고 열심히 살았으면 어디 가서 초고수 소리는 들었을걸?"

"……."

"어쩌면 세계 랭킹 10위권 안에도 이름을 올렸을지 몰라."

3층성은 묘하게 납득하기 시작했다.

'아하……?'

그러니까 NPC화한 것이 좋기는 좋은데.

'상대가 하필이면 절대악이라서?'

그래서 저렇게 쓰레기 같아 보였나? 그런 거였나. 그런 건가.

3충성은 오늘도 깨달음을 얻었다. 가끔 보면 루펜달이 좀 현자 같을 때가 있다.

3충성이 조심스레 물었다.

"그런데 아서 님. 저…… 에르간이 NPC화된 것은 어떻게 아셨습니까? 저는 구별이 안 되던데……."

루펜달이 뭐 그런 쓸데없는 질문을 하냐고, 어차피 형느님은 전지전능하시다고 말하려고 했는데 거기서 한주혁이 재미있는 포인트를 발견했다.

"3충성 님은 구별이 안 됐어요?"

"……예?"

그게 구별이 되는 게 이상하지 않은가. 나한테는 당연히 플레이어로 보이던데.

한주혁이 마리안(천세송)에게 물었다.

"마리안은? 구별 안 됐어?"

"응? 나도 플레이어인 줄 알았어."

그냥 오빠니까 어련히 알아서 알았겠지, 하고 생각하고 있던 참이었다. 듣고 보니 좀 궁금해졌다.

"루나는?"

"나도 몰랐는데?"

루펜달에게도 물어봤는데 루펜달도 마찬가지였다. 전혀 몰랐단다.

'그렇단 말이지.'

한주혁은 잠시 생각에 잠겼다.

'나만 자연스럽게 그걸 알았다는 건가?'

남들도 다 그런 줄 알았다. 보통 NPC를 보면 NPC라고 자연스레 알고, 플레이어를 보면 플레이어라고 자연스레 아니까. 이번 경우도 마찬가지라고 생각했었다.

"3층성 님이 역시 예리하네요. 인터넷 논객이라서 그런가."

그 말에 3층성은 가슴이 벅차오르는 것을 느꼈다.

'치, 칭찬이다……!'

기쁘지 않다, 기쁘지 않다, 기쁘지 않다. 그렇게 수없이 되뇌어 봤지만, 그의 입가에는 함박웃음이 걸렸다. 하마터면 '맡겨만 주십시오! 열심히 하겠습니다! 형님!'이라고 외칠 뻔한 것을 겨우 참았다.

'안 돼. 이대로는 위험해.'

이대로 있다가는 루펜달 괴물처럼 변할 거 같다. 맹목적으로 형렐루야 형멘을 외치는, 논리도 없고 이성도 없는 저런 괴물이 될 수는 없지 않은가.

'정신 차리자!'

그런데 그때 한주혁에게 알림이 들려왔다.

-보상 산정이 완료되었습니다.

성좌를 세 번 사살한 것에 대한 보상. 보상 산정에 꽤 오랜 시간이 걸렸다.

한주혁은 기대했다.

'과연 뭐가 나오려나?'

한주혁에게 보상 알림이 들려왔다.

-특수한 조건을 만족하였습니다.

왜 이렇게 보상 산정에 오래 걸리는가 했더니, 특별한 이유가 있었다.

-6번 성좌의 클래스가 세인트 로드였음을 확인합니다.
-세인트 로드를 사살하였습니다.
-성좌 3회 사살에 대한 보상이 변경됩니다.

6번 성좌를 운 좋게(?) 때려잡았다. 한주혁은 전혀 모르고 있지만 에르간에게는 '구사일생'이라는 권능이 있었고, 이게 제대로 가동만 되었다면 또다시 에르간을 놓쳤을 수도 있다.

'이야……!'

될 놈은 뭘 해도 되는 것 같다.

'보상이 변경됐어?'

정말 운 좋게도, 엔드라움의 의지가 세인트 로드를 불러줬고 덕분에 힘도 많이 소모했다.

'이건 운빨이야, 실력빨이야?'

한주혁 본인도 헷갈릴 정도다.

-'세인트 로드의 지팡이'가 보상으로 주어집니다.

<세인트 로드의 지팡이>

세인트 로드 엔드라움이 대천사 라리엘에게 선물 받은 지팡이이자 우정의 증표. 특별한 힘이 숨어 있는 듯하다.

등급: 레전드

내구도: 320/320

옵션: ?

'이게 뭐야?'

일반적으로 사용하는 지팡이와는 조금 다른 것 같았다. 보통 지팡이라 함은 마법사 계열의 플레이어들이 마법력을 높여 주는 아이템으로 사용하는 공격성 아이템이다. 보통은 그렇다.

'그런 건 아닌 것 같고.'

옵션이 일단 물음표로 표시되어 있는 데다가, 상세설명 자체도 없었다.

'좋은 거야, 아닌 거야?'

조금 애매했다. 그런데 알림이 계속해서 이어졌다.

-세인트 로드 사살에 대한 특권으로 '세인트 로드의 지팡이'에 추가 옵션이 부여됩니다.

성좌 3회 사살로 인한 보상 자체는 '세인트 로드의 지팡이'가 됐다. 그리고 이어지는 세인트 로드 사살에 대한 보상.

-'진실' 속성이 부여됩니다.
-'세인트 로드의 지팡이'가 '진실한 세인트 로드의 지팡이'로 업그레이드되었습니다.

'진실' 속성이 부여된 세인트 로드의 지팡이. 뭐가 달라졌는지 바로 확인해 보기로 했다.

<진실한 세인트 로드의 지팡이>
세인트 로드 엔드라움이 대천사 라리엘에게 선물 받은 지팡이이자 우정의 증표. 세인트 스팟을 확인하고 고정할 수 있는 권능을 품고 있으며, 세인트 게이트의 비밀을 파헤칠 수 있도록 설계되어 있다.
등급: 레전드
내구도: 320/320
옵션:

1) 1회에 한하여 세인트 게이트 고정. (단, 세인트 스팟에만 고정 가능)
  2) 관찰-세인트 게이트와 관련한 모든 설명 활성화.

한주혁은 모든 설명을 꼼꼼히 읽어봤다.
"바로바로 쭉쭉 이어지는 형태의 퀘스트야."
한세아가 물었다.
"무슨 뜻이야?"
한주혁의 눈이 관을 향했다. 작은 워프 포탈 하나가 반쯤 활성화되어 있었던 상태 아니던가.
"내가 받은 보상으로, 세인트 게이트와 관련된 퀘스트를 이어갈 수 있어."
한주혁이 관 앞에 섰다. 인벤토리에서 '진실한 세인트 로드의 지팡이'를 꺼내 들었다.

-착용할 수 없습니다.
-진실한 세인트 로드의 지팡이가 플레이어를 거부합니다.

절대악은 사용할 수 없도록 설정되어 있는 것 같았다. 한주혁이 지팡이를 한세아에게 넘겼다.
"루나. 네가 해봐. 아이템 설명 살펴보고."
"내가?"

한세아가 한주혁 옆에 섰다. 간만에 한세아도 씨익 웃었다.

'좋았어.'

두 팔을 걷어붙였다.

'나도 도움이 될 수 있겠다.'

한세아도 세계적인 랭커 중 한 명이다. 그 유명한 잿빛 마도사 아니던가. 다만 한주혁 옆에 있어서, 빛을 별로 발하지 못할 뿐이다.

'오.오.오.오.케이.'

아이템 설명도 확인했다.

'어디. 얼마나 대단한 능력을 가졌는지, 한번 보자.'

일단 2번 옵션을 활성화시켜 보기로 했다.

"2번 옵션 활성화시킬게. 일단 이게 세인트 게이트와 정말로 연관이 있는 건지. 지팡이를 통해 확인할 수 있을 것 같아."

"정보창은 바로바로 공유하고."

"알겠어."

지팡이를 넘겨받은 한세아가 관 앞에 서서 지팡이를 사용했다. 반쯤만 성좌인 한세아지만, 지팡이를 사용하는 데에는 지장이 없는 것 같았다.

"오빠. 이거 설명창 활성화가 바로 가능한데?"

지팡이의 옵션인 '관찰'을 활성화시키자 관 속에 있는 작은 워프 게이트에 관한 자세한 설명이 떴다.

한세아가 약간 떨리는 목소리로 말했다.

"여기가 세인트 스팟이 맞아."

하얀색 소용돌이가 치고 있는 작은 웅덩이. 이 웅덩이가 세인트 스팟이 맞았다. 지팡이를 통해 보다 자세한 설명을 얻었다.

<세인트 스팟>

성스러운 기운과 정수가 한데 모여 만들어진 특별한 곳입니다. 세인트 게이트를 열 수 있는 지성소로 알려져 있습니다. 세인트 스팟에 세인트 게이트를 열기 위해서는 '벨리칸의 깃털'이 필요합니다. 세인트 스팟에 '벨리칸의 깃털'을 놓으십시오.

"벨리칸의 깃털이 필요하다는데?"

그 말에 한주혁이 인벤토리를 확인했다.

'과연.'

잿빛 마도사 한세아가 지팡이를 활용하여 세인트 스팟을 확실하게 확인하고 설명창을 활성화시키자, 벨리칸의 깃털에도 반응이 있었다. 인벤토리 안에서 황금빛으로 빛나고 있는 벨리칸의 깃털을 발견했다.

"이걸 세인트 스팟에 놓는다라."

한주혁이 세인트 스팟에 '벨리칸의 깃털'을 놓았다. 순간, 번쩍! 하고 하얀색 빛이 터져나왔다.

-마계로 향하는 문. 세인트 게이트가 오픈됩니다.

강한 바람이 불어닥치기 시작했다. 가만히 서 있는데, 몸을 가누기 힘들 정도의 강력한 바람이었다. 그것을 핑계 삼아 한주혁은 천세송을 꽉 껴안았다. 이 순간에도, 천세송은 오빠의 품이 따뜻하고 안락하다고 느꼈다.

"으악! 이거 바람이 뭐 이렇게 세!"

참고로 동생인 한세아는 중심을 잃고 쓰러져 바닥을 네 바퀴나 굴렀다.

어느 정도 시간이 흐르자 바람이 멎었다.

-세인트 게이트가 열렸습니다.
-축하합니다!

전체 알림이 들려왔다.

-세인트 게이트를 열게 된 역사적인 순간입니다.
-역사적인 순간에 자리하고 있는 모든 이들에게 '정복자'의 호칭이 주어집니다.

알림이 계속해서 이어졌다. 그런데 그 알림을 제대로 듣지도 않고서, 자리에서 일어나 몸을 툭툭 털던 한세아가 재빠르게 말했다.

"이 퀘스트가 되게 얍삽한 게……."

한세아의 말이 더욱 빨라졌다. 거의 랩을 하듯 속사포처럼 내뱉었다.

"이거, 세인트 스팟 시간제한 있거든. 관의 뚜껑이 열려 있는 상태면 금방 없어지나 봐. 정복자니 뭐니, 시선을 다른 데로 돌리고서."

세인트 로드의 지팡이. 그것도 진실한 세인트 로드의 지팡이를 얻은 것은 신의 한 수였다.

"그래서 세인트 로드의 지팡이라는 특수한 아이템을 안배한 거고."

거기서 한세아는 확신했다.

'역시 될 놈 해도 될 놈은 된다……!'

인터넷에서 봤다. '될놈될, 안될안의 법칙'이라는 걸 말이다. 될 놈은 뭘 해도 되고, 안 될 놈은 뭘 해도 안 된다는 뜻이다.

이것은 절대악과 성좌 혹은 절대악과 신귀족들을 일컫는 말이었는데, 동생인 한세아는 그 '될놈될, 안될안의 법칙'을 직접 경험하고 있는 중이다.

'아. 기분 좋다.'

괜히 조금 자랑스러웠다.

'사실 오빠 행운이 한 700쯤 되는 거 아냐?'

어떻게 이렇게 아귀가 딱딱 맞아떨어진단 말인가.

힘들게, 힘들게 세인트 스팟을 찾았는데. 만약 세인트 로드가 이 아이템을 떨구지 않았다면, 혹은 그 세인트 로드가 NPC가 아니라 일반 플레이어여서 3번 사살에 대한 보상을 얻지 못했다면, 그랬다면 이렇게 수월하게 플레이하지는 못했을 거다.

'타이밍도, 행운도. 다 우리 오빠 편이다!'

한세아는 저도 모르게 혀를 낼름 내밀었다. '메에에에에-!' 하고 대상이 없는 상대(아마도 성좌들이라 짐작되는)를 향해 약을 올린 뒤, 곧바로 지팡이의 옵션을 사용했다.

-세인트 스팟을 고정시키시겠습니까?
-세인트 스팟이 고정되었습니다.

한세아가 한숨을 내쉬었다.

"진짜 얍삽하다. 이런저런 제약들 때문에…… 겨우 여기까지 와서 허탕 칠 수도 있었겠어. 사라진다고 알려주지도 않고. 어쨌든 세인트 스팟은 고정시켰어. 당분간 없어지지는 않을 것 같아."

만약 동생인 자신이 성좌가 아니었다면? 하다못해 루펜달이 성좌가 아니었다면?

"이중, 삼중, 사중으로 막막 보호막이 쳐 있는 구조야. 그만큼 중요하고 비밀스러운 퀘스트라는 뜻이겠지?"

그 말에 루펜달이 고개를 끄덕였다.

"그까짓 보호막 따위, 형님 앞에서는 그저 찢어진 종이 쪼가리에 불과할 뿐이죠. 형느님 가라사대, 길이 있으라 하면 길이 있는 법이니까요."

3층성은 그러한 루펜달을 보면서 거의 공포에 근접한 감정을 느꼈다.

'저게 진심이라는 게 더 무섭다.'

이번에는 천세송이 물었다. 마계로 가는 문이 열렸다는데, 여기에 들어가도 되나 싶다.

"오빠. 그럼 이제 어떻게 해? 오빠 퀘스트 창도 업데이트 됐어?"

"응. 방금."

한주혁은 굉장히 따뜻하게 대답했다. 그러고서 질문과 대답 사이에 어떤 연관이 있는 건지는 모르겠지만, 천세송의 머리를 두어 번 쓰다듬었다.

퀘스트 창을 열었다.

<특수한 조건>

대천사 라리엘은 벨리칸의 깃털을 사용하여 마계로 가는 문. 세인트 게이트를 열었던 경험이 있습니다. 세인트 게이트는 특별한 장소에서만 개방이 가능합니다.

1) 특별한 장소를 찾으십시오. (클리어)

2) 세인트 게이트 확장.

3) ?

+ 상세설명

약간 바뀌었다.

'2번의 물음표가 사라지고…… 3번이 생겼다.'

조건을 하나하나 만족해 가고 있다. 에르간과 엔드라움이 도와준 덕분에, 생각보다 쉽게 왔다.

'세인트 게이트 확장?'

고정을 통하여, 세인트 게이트가 사라지지 않도록 만들기는 했다.

"루나, 관찰로 세인트 게이트를 좀 더 살펴봐. 뭔가 더 있을지도 몰라."

"오케이!"

한세아는 오래간만에 신났다. 자신이 뭔가 커다란 역할을 하고 있는 것 같은 기분이 들었으니까. 기분이 좋아져서 코맹맹이 소리가 절로 나왔다.

"자깜만 옵빠! 내가 아쥬 그냥! 샅샅이 파헤쳐서 알랴줄게!(잠깐만 오빠! 내가 아주 그냥! 샅샅이 파헤쳐서 알려줄게!)"

평소 같았으면 '코에서 공기 안 빼면 콧구멍 터뜨려 버린다'라고 말했을 한주혁이지만 오늘은 참았다. 한주혁 입장에서, 한세아가 왜 저렇게 갑자기 기분이 좋아졌는지는 모르겠지만 그냥 두고 봤다.

한세아가 들고 있던 지팡이에서 계속해서 하얀색 빛이 새어 나왔다. 지팡이가 무엇인가를 탐색하는 것 같았다.

그러나 실패했다.

"힝."

아무것도 없었다. 더 이상 탐색되지 않았다. 그때 루펜달이 조심스레 말했다.

"저…… 누님……?"

참고로 루펜달은 여자다. 한주혁도 그 사실을 안다. 심지어 현실에서는 굉장히 예쁜 여자라는 것도 안다. 자신보다 나이가 많다는 것도 안다. 그렇지만 이제 그러려니 하고 있는 중이다. 시무룩해진 한세아는 이렇게 대답했다.

"왜요? 나 살쪘어요?"

"……아, 아니. 그게 아니라……. 혹시 제가 한 번 사용해 볼 수 있겠습니까?"

"루펜달 님이요? 왜요? 아……! 그러는 게 좋겠다. 오빠! 루펜달 님한테 이거 넘겨줘도 되지?"

루펜달이 지팡이를 넘겨받았다. 한세아는 잿빛 마도사. 반쯤만 성좌다. 그에 반해 루펜달은 완전한 성좌다. 오히려 세인트 로드의 지팡이와 궁합이 더 잘 맞을 수도 있었다.

루펜달에 손에 들어간 지팡이는 이제 하얀빛이 아니라 황금빛을 뿜어내기 시작했다. 한주혁의 인벤토리에 들어 있는 '벨리칸의 깃털'과 비슷한 색이었다.

루펜달이 외쳤다.

"형님! 무언가를 더 알아냈습니다!"

루펜달이 지팡이를 사용하자 새로운 설명이 활성화됐다. 설명을 확인한 한주혁이 세인트 게이트를 응시했다.

 '과연…… 절대악 퀘스트가 맞구나.'

 루펜달을 통해 활성화된 설명창. 한주혁은 거기서 재미있는 문구 하나를 발견했다.

 -세인트 게이트는 특별한 권능을 품은 특수한 지역입니다. 세인트 게이트는 그 크기의 유무와 상관없이 하나의 영지로 취급됩니다.

 저 조그만 게이트가 하나의 영지로 취급된단다. 거기서 한주혁은 확신할 수 있었다. 이 퀘스트는 결국 절대악 퀘스트. 메인 시나리오 퀘스트와 밀접한 관련이 있다고 말이다.

 '그렇단 말이지?'

 한주혁이 씨익 웃었다.

7장
묘한 타이밍

　-세인트 게이트는 특별한 권능을 품은 특수한 지역입니다. 세인트 게이트는 그 크기의 유무와 상관없이 하나의 영지로 취급됩니다.

　한주혁은 알림의 키포인트를 찾아냈다.
　'이게 영지로 취급된다고?'
　이 조그마한 워프홀 같은 것이, 시스템적으로 영지로 취급된다는 것은 일단 놀라운 일이다. 그냥 거기서 끝이다. 아, 이렇게 조그만 것도. 심지어 영지민도, 성도 없는 이런 허접한 것도 영지로 취급이 되는구나. 그렇게만 이해하면 될 일이다.
　그러나 한주혁에게는 그렇지 않았다.
　'하필이면 절대악 퀘스트에서.'

그것도 하필이면 세인트 게이트가 영지로 지정이 됐다.

'조금 불안하기는 한데.'

이유 모를 불안감이 조금 들기는 했지만 한주혁은 '영지'라는 말을 듣자마자 생각해 냈다.

'절대악의 권능.'

절대악에게는 '영지 확장'의 권능이 있다.

<영지 확장>

영지를 확장할 수 있습니다. 영지의 규모와 등급에 따라 영지 확장에 필요한 부자재가 다를 수 있습니다. 모든 영지 확장에는 몬스터 스톤이 필수적으로 필요하며 몬스터 스톤의 등급에 따라 영지 확장의 정도가 달라질 수 있습니다.

사용 제한:

1) 대군주 퀘스트 클리어.

2) 168시간 내에 재사용 불가.

그리고 때마침 절대악은 또 다른 퀘스트인 '특수한 조건'을 진행하고 있다. 방금 활성화된 내용과.

2) 세인트 게이트 확장.

3) ?

이 두 가지를 연결지어 생각한다는 것은 그다지 어렵지 않았다.

"결국 내가 세인트 게이트를 확장시켜야 하는 거네."

여기에 여러 가지 요소들(성좌로서의 힘이 필요하고, 적대악으로서의 정보가 필요한 것 등)이 복합적으로 녹아들어 가 있기는 했지만, 어쨌거나 결론만 말하자면 그랬다.

한세아가 고개를 끄덕였다.

"역시 될놈될의 법칙이네."

음, 음. 맞아, 맞아. 하고 혼자서 고개를 끄덕였다. 역시 될놈될의 법칙이 맞는 것 같다. 재수 없는 놈은 뒤로 넘어져도 코피가 난다던데. 오빠는 완전히 반대 아닌가. 괜히 자랑스러워져서 이렇게 말했다.

"이건 그냥 오빠 클리어하라고 퀘스트가 숟가락 떠먹여 주는 꼴 아니야?"

한세아의 말에, 그다지 토를 달지 않는 루펜달이 이번에는 토를 달았다.

"누님. 그것은 잘못된 견해라고 사료되옵니다."

"네? 왜요?"

루펜달은 더없이 경건해졌다.

"형님이 클리어하라고 퀘스트가 숟가락 떠먹여 주는 것이 아닙니다. 이것은 퀘스트가 그렇게 만들어진 것이 아니라."

이유는 모르겠는데 두 손을 가슴에 모았다. 마치 신실한 기도를 올리는 것만 같은 모습으로 말이다.

"형님이 이미 준비된 자이기 때문에 퀘스트를 자연스레 클리어할 수 있는 것입니다."

"……."

한세아가 그 말에 충격 아닌 충격을 받았다.

'어. 그러고 보니 그렇네?'

오빠가 여태껏 제대로 클리어해 오지 않았더라면?

'확장 권능도…… 대군주 퀘스트를 제대로 클리어해서 얻은 거잖아?'

단순히 그걸 클리어한 것만으로 확장을 제대로 사용할 수도 없다. 확장에는 어마어마한 제반 비용이 필요하다. 이를테면 블랙 스톤 같은.

'근데 그 블랙 스톤도…….'

오빠가 저번에 블랙 스톤이 무려 500개나 들어 있는 블랙 스톤 상자를 획득했기 때문에 지금 여유가 좀 있는 것뿐이다.

'루펜달의 말에 일리가 있네?'

왜 저렇게 경건한 태도로 두 손을 모으고 있는 건지는 이해하기 어려웠지만, 어쨌든 일리가 있었다.

겉보기에는 퀘스트가 한주혁 맞춤용으로 만들어지고 있는 것처럼 보일 수 있지만, 사실은 그게 아니라 한주혁이 이미 모든 준비를 끝마친 덕분에 퀘스트를 수월하게 클리어할 수 있다는 관점.

"새로운 거 하나 배웠네요."

"아닙니다. 누님! 감히 누님께 딴지를 건 것 같아 죄송할 따름입니다."

그 사이 한주혁은 약간의 고민에 빠져들었다.

'나안을 확장할 때……. 블랙 스톤 2개가 필요했어.'

뿐이랴.

'토러스 요새를 확장시킬 때는…….'

그때는 정말 속이 쓰렸었다. 무려 55조 골드를 투입했었다. 덕분에 히든 피스를 활성화시키고 마법병기 '드라군'을 얻었으며 토러스 요새가 '토러스 대요새'로 승격되는 쾌거를 이루기는 했지만. 그래도 어마어마한 출혈이 있었다는 건 틀림없는 사실이다.

'그리고 또다시 영지를 확장시키면 그에 따라 제단도 활성화시켜야 하는데.'

그게 또 만만치가 않다. 보통 절대악의 영지에는 제단이 있게 마련이고 그 제단을 제대로 활성화시켜야 제대로 된 영지로 탈바꿈하게 된다.

영지와 연관이 있다는 건, 제단과도 연관이 있을 텐데.

'신성한 중앙 제단에 블랙 스톤 9개랑 특강 레드 스톤 1개가 들어갔었지.'

그냥 뭐만 하면 블랙 스톤이 턱턱 소모된다. 그나마 저번에 500개짜리 블랙 스톤 상자를 얻어서 망정이지. 제국에 10개를 제공했고 또 가디언 활성화에 10개를 썼다. 지금은 170개 내외를 유지하고 있는 중이다.

마리안(천세송)은 한주혁의 마음을 읽었다. 지금 한주혁이 어떤 생각을 하고 있는지. 어떤 마음인지. 정확하게 알 수 있었다.

"오빠. 어떻게 할 거야?"

"글쎄."

일단 루나(한세아)가 세인트 홀을 고정시켜 놓았다. 다음에도 다시 찾아올 수는 있을 거다.

"흠."

조금 고민하기는 했지만, 그 고민이 그리 길지는 않았다.

"어쨌든 언젠가 하기는 해야 해."

블랙 스톤을 소모하는 것은 아깝지만 그래도 메인 시나리오 퀘스트의 갈래라고 생각하고 있다. 확장 권능까지 사용해 가면서 진행해야 하니까.

"매도 먼저 맞는 게 낫겠지."

그래서 세인트홀을 확장하기로 했다.

-'영지 확장 권능'을 사용하시겠습니까?

-'영지 확장 권능'을 안정적으로 사용하기 위하여서는 영지의 안정화가 우선시 되어야 합니다.

-'영지 확장 권능'을 사용하기 위하여 생명력을 갖춘 영지로 승

격되어야 유리합니다.

그 말은 그리 어려운 말이 아니었다. 너무나 친절하게도, 한주혁이 가진 권능 중에는 이러한 권능도 있었으니까.

<권능-발화>
대군주의 자격을 가진 이는 영지에 새로운 생명을 부여할 수 있습니다. 영지 중앙에 제단을 생성할 수 있는 권능입니다.

결국 절대악이 가지고 있는 두 가지 권능. 발화와 확장을 동시에 사용해야만 안정적인 세인트 홀 확장 작업이 진행될 수 있다는 얘기다.

-제단이 활성화됩니다.

활성화된다고 하기는 했는데 눈으로 확인은 되지 않았다.

-'세인트 제단'이 활성화되었습니다.

한주혁은 거기서 긴장했다.
'제발!'
보통 시나리오가 진행되면 될수록, 점점 난이도가 높아지면

높아질수록 더 많은 것들이 필요하게 마련이다. 처음에는 두 개, 그다음에는 10개, 그다음에는.

-'세인트 제단'을 안정화시키기 위하여 블랙 스톤 30개가 필요합니다.

그 알림에 한세아가 제일 먼저 욕을 내뱉었다.
"씨발!"
그렇게 욕해놓고서는 한주혁의 눈치를 살폈다. 저도 모르게 욕이 튀어나왔다. 오빠 앞에서는 이런 심한 욕을 잘 안 하는 편인데.
"아니, 오빠. 이게 말이 돼?"
블랙 스톤 30개? 제단 활성화에 30개가 필요하다고?
"제우스 이거 순……."
'사기꾼 새끼네'라고 말하려고 했는데 그 말은 참았다. 제우스는 신 아닌가. 이 세계의 신. 혹시 이 말을 듣고 오빠에게 불이익을 주면 안 되는 거 아니겠는가.

한주혁이 피식 웃었다.
"괜찮아."
물론 한주혁도 속이 쓰리다. 블랙 스톤도 이제 겨우 170개 남았다. 거기서 30개가 또 소모된다니. 가슴이 아프다.
'그렇지만 더 큰 이득으로 돌아오게 마련이니까.'

그래서 아낌없이 투자하기로 했다.

-세인트 제단에 불꽃이 피어오르기 시작합니다.
-영지에 생명력이 부여됩니다!

그와 동시에 확장 작업이 진행되었다.

-'세인트 제단의 불꽃'이 건재합니다.
-블랙 스톤 20개를 소모하여 영지 확장 권능을 사용합니다.
-'세인트 홀' 영지 확장에는 12분의 시간이 소요됩니다.
-정말로 영지 확장 권능을 사용하시겠습니까?
-블랙 스톤 20개를 안정적으로 소모하였습니다.
-'세인트 홀'의 확장 작업이 시작됩니다.

블랙 스톤 50개가 날아가는 것은 그야말로 순식간이었다.
한세아는 자기 블랙 스톤도 아닌데, 그게 그렇게 배가 아플 수 없었다.
'개우스 이 개자식……!'
우리 오빠가 진짜 힘들게, 힘들게 번 건데. 이걸 이렇게 후려쳐? 두고 보자. 우리 오빠 블랙 스톤 겨우 170개밖에 없었는데. 이제 겨우 120개 남았잖아. 책임 잘 져라. 이 개우스야!
그렇게 속으로 읊조린 한세아가 시간을 살폈다. 12분이 거의 지났다.

"이제 곧 완료되겠다."

 JTBN을 통해 또 한 가지 소식이 알려졌다. 당연한 말이지만, 한국에 그 소식이 가장 먼저 전해졌다.

 조해성 대통령이 깜짝 놀라 자리에서 일어섰다.

 "비서실장님. 그게 정말입니까?"

 "예. 그렇습니다."

 절대악이 다른 대륙을 만드는 것에 이어, 이번에는 아예 다른 차원으로 가는 문을 열어버렸단다.

 "혹시나 싶어 묻는 건데…… 지난 200년간, 이런 적은 단 한 번도 없었죠?"

 "예. 그렇습니다. 최초입니다."

 "그걸 절대악이 공개를 했고요."

 센티니아 대륙 내에서, 절대악의 본거지는 프루나다. 그리고 가장 공략하기 어려운 곳은 바로 '토러스 대요새'. 지형 자체도 공략하기 어려울뿐더러, 마법병기들과 등급이 향상된 군건한 성벽이 버티고 있다. NPC들조차도 공략하기 어려운 곳이라고, 흔히들 그렇게 얘기하고 있다.

 "토러스 요새에 새로운 차원으로 가는 문이 열렸다더라."

"그 문을…… 절대악이 50개에 달하는 블랙 스톤을 소모하여 위치를 그곳으로 지정했다고 합니다."

조해성 대통령이 침을 꿀꺽 삼켰다.

'50개의 블랙 스톤.'

1개의 블랙 스톤이 작은 국가의 명운을 좌지우지할 정도다. 블랙 스톤은 그만큼의 값어치를 가지는, 보물 중의 보물이다.

'그런 보물을 무려 50개를 썼어?'

도대체 절대악에게는 지금 얼마나 많은 블랙 스톤이 남아 있다는 뜻인가.

'미쳤군, 미쳤어.'

비서실장도 조금 흥분해서 말을 이었다.

"벌써부터 전 세계가 떠들썩해지고 있습니다. 새로운 차원. 그곳에는 어떤 문물이 존재할지 모르겠습니다."

"중요한 건, 절대악의 허락을 받은 자만이 그 새로운 세계로 진입할 수 있다는 것이겠죠. 토러스 대요새에 위치하고 있으니까."

"그렇습니다, 대통령님. 절대악이 일부러 이 사실을 대중에 공개한 것 같다는 의견이 지배적입니다."

"어째서죠?"

"절대악의 의중을 정확히 알 수는 없으나, 역시 대다수 서민들에게 좀 더 기회의 문을 열어주고자 하는 것이 아닐까…… 조심스레 생각해 봅니다."

한주혁의 생각을 읽을 수는 없지만, 비서실장은 그렇게 생각했다. 대통령인 조해성도 그 말에 상당 부분 동의하는 편이었고.

-마계로 가는 문이 열렸음.
-절대악이 또 한 건 했다.

인터넷도 뜨겁게 달아올랐다. '블랙 크리스탈 봉화대' 이후, 조금 잠잠한가 싶었던 올림푸스 매니아에도 수천만 건의 새로운 글들이 올라왔다.

-마계에 가는 문이라 함.
-소문에 의하면 추가 경험치 300퍼센트 적용이 되고 있다는데?
-에이, 설마. 그게 진짜겠냐?

'마계'에 관한 온갖 소문이 돌기 시작했다. 전 세계의 랭커들도 마계에 관심을 갖기 시작했다. 진실인지 아닌지 확인할 수는 없지만, 마계에 들어가서 히든 클래스를 얻었다는 얘기도 심심치 않게 들려오고 있는 중이다.

-여태껏 못 봤던 몬스터들이 존재하는 건 틀림없음.
-새로운 아이템도 많이 드랍된다는 거 같던데.
-대박이다. 새로운 차원이라니. 절대악이 못하는 게 도대체 뭐임?

절대악의 등장 이후로, 사람들은 어느 정도 여유를 가질 수 있게 되었고 그에 따라 게임을 좀 더 게임답게 즐길 수 있게 되었다.

-나도 가보고 싶다.
-같이 갈래? 파티 고고?

새로운 필드, 새로운 차원. 게임을 플레이하는 이들이라면 당연히 도전해 보고 싶은 것 아니겠는가.

같은 시각.
마계로 가는 문, 세인트 게이트를 연 장본인인 한주혁은 프루나의 내성에서 한 가지 보고를 받았다.
시르티안이 말했다.
"주군. 모르골 제국 용암사막 내 헬 하운드 목장에 문제가 생겼습니다."
"또?"
저번에는 헬 하운드들이 모여서 헬 하운드 킹이 되는 소동이 벌어지지 않았던가.
"예. 현재 상황과 관련하여 타이밍이 좀…… 묘합니다. 주군의 새로운 퀘스트와도 연관이 있을 것 같습니다."

"얘기해 봐."

하필이면 마계로 가는 문을 오픈시킨 그 시점에서, 중국 대륙을 통해 무엇인가가 시작되었다.

'또 헬 하운드 목장이냐?'

시르티안의 말에 따르면 헬 하운드 목장에서 생긴 변화가, 이번 한주혁의 시나리오 진행과 어느 정도 연관이 있을 수가 있단다.

"블랙 헬 하운드 킹이 등장했습니다."

"그건 어느 정도 예상했던 일이잖아."

한주혁의 입감이 닿은 곳에서는 블랙 몬스터가 나타나는 게 보통이다. 헬 하운드 킹은 나타났으되, 블랙 헬 하운드 킹이 나타난 적은 없었다. 언젠가 나타날 거라고 생각은 했었다. 성벽도 충분히 강화해 놨고.

'개이득!'

이제 행운 수치도 평균보다 훨씬 높다. 블랙 헬 하운드 킹을 제대로만 잡으면 또다시 블랙 스톤이 드랍될 확률이 높았다. 그 정도 되는 몬스터면, 어쩌면 꾸러미를 드랍할 확률도 있다.

'어제 50개 썼으니까.'

그러니까.

'한 100개 정도 드랍되면 참 좋을 텐데.'

블랙 스톤 100개. 그 정도가 더 있으면 마음이 좀 풍요로울 것 같다. 요즘 블랙 스톤이 100여 개밖에 안 남아서 마음이 좀 허하지 않은가.

"그게 그렇게 큰 문제는 아닐 거야."

현재 헬 하운드 목장에는 단단한 성벽이 건설되어 있고, 지능이 낮은 헬 하운드들은 성벽을 뛰어넘지 못하고 있으니까.

"그렇습니다, 주군. 블랙 헬 하운드 킹이 나타난 것은 그렇게 큰 문제가 되지 않습니다."

여차하면 한주혁이 가서 잡으면 되니까. 그건 큰 문제가 아니다.

"그런데 새로운 몬스터가 등장했습니다."

"몬스터가?"

"예. 특별한 몬스터인 것 같습니다. 영지 안에 생성되었습니다."

원래 영지 안에는 몬스터가 생성되지 않는다. 보통의 경우는 그렇다. 헬 하운드들은 원래 있던 놈들을 가두어놓고 그곳에 성벽을 건설한 경우다.

'영지로 설정되었는데 거기서 몬스터가 튀어나와?'

그런데 그 몬스터의 종류가 조금 특이하단다.

"NPC형 몬스터인데…… 일단 몬스터명이…… '마계 양치기'라고 되어 있습니다."

"이름이 이상하네."

양치기면 양치기지. 마계 양치기는 또 뭐란 말인가.

"마계 양치기가 나타난 이후, 헬 하운드들이 갑자기 조용해졌습니다."

마치.

"누군가에게 굉장히 겁을 먹은 것처럼 말입니다."

마계로 가는 문인 세인트 게이트가 열렸다. 그 게이트가 열리자 하필이면 '마계 양치기'라는 몬스터가 나타났다.

'하필이면 헬 하운드 목장에?'

단순히 우연일까?

"모르겠군."

"헬 하운드들이 입김을 강하게 내뿜는 현상이 발생하고 있습니다. 불을 내뿜어서…… 하나의 커다란 불꽃을 만들어내고 있습니다."

시르티안이 영상을 보여줬다. 영상을 본 한주혁의 소감은 간단했다.

"제단 같네."

"그렇습니다."

마계 양치기라는 놈이 나타났고, 그곳에서 마계 양치기가 헬 하운드들의 불꽃을 이용하여 제단 형상의 무언가를 만들어내고 있다.

"놈은 현재 저 불꽃 속에 모습을 감추고서 모습을 드러내지 않고 있습니다."

사람과 비슷한 형태. 그렇지만 눈이 하나밖에 없는 형태다. 외눈박이 거인이라고도 불리는 싸이클롭스와도 비슷하게 생겼다. 오른쪽 손에는 가시가 많이 박혀 있는 채찍을 들고 있었고, 왼손에는 피리 비슷한 물체를 들고 있었다.

"마계 양치기라."

"어떻게 할까요?"

"결국 내가 가보기는 해야 할 것 같은데."

헬 하운드 목장의 소유주는 한주혁이다. 소유물에 이상이 생기면, 소유주가 가보는 것은 당연한 것 아니겠는가.

"워프 마스터와 함께 이동하겠다."

"혹여 위험할 수도 있습니다. 마계에 관한 것이 그다지 알려져 있지 않아서……. 장로들을 대동하시는 것이 좋지 않겠습니까?"

"모르골 제국으로 이동하려면 제국 소유의 워프 포탈을 타야 하잖아."

"아서 광산을 통해 우회하는 방법도 있습니다. 아메리아 대륙 쪽 워프 포탈을 이용하면 에르페스 제국의 감시를 피할 수 있을 것입니다."

"아니."

한주혁이 고개를 저었다.

"내가 요즘 드는 생각인데."

"……."

거기까지 말한 한주혁이 피식 웃었다.

"아냐. 아직까지는 그냥 내 머릿속 상상에 불과하니까. 하여튼 아메리아 대륙이나 모르골 제국 그 누구도 믿지 않고 우리는 최대한 독자적으로 행동한다."

"……."

시르티안이 고개를 끄덕였다.

'주군께서 어떤 깨달음이 있으셨을지도 모른다.'

적대악으로 플레이하면서. 또 절대악으로 플레이하고, 바깥 세계의 일인자로 군림하면서 새로운 시야로 새로운 생각을 했을지도 모를 일이다.

"정말 위험한 경우에는 데미안을 소환하면 돼."

"……아, 그렇군요. 그의 존재를 잠시 잊고 있었습니다."

물론 데미안이라는 패는, 최후의 순간에나 사용할 수 있는 패다. 원래 보이는 칼보다는 보이지 않는 칼이 더 무서운 법 아니겠는가. 핵을 막는 등의 정말 불가피한 상황이 아니면 최대한 공개하지 않을 생각이다.

"모르골 제국에 다녀오겠다."

"헝렐루야. 헝멘."

과거 중국에서 열렬한 지지를 받았었던 연합. 반 절대악을 외치며 절대악 따위보다 중국인이 훨씬 선민이라는 사상을 가지고서 세력을 넓혀갔었던, 블랙샤크가 이끌던 스베너 연합은 몰락했다. 이제는 그 누구도 중국 최대, 최고의 연합이 흑흑연합이라는 사실에 이의를 제기하지 않을 정도다.

명실공히 중국 최대연합이자 전 세계에서도 손꼽히는 대연합인 흑흑연합의 연합장 로랑이 강재명에게 연락을 걸었다.

-용암사막에 발생한 변화를 알고 계십니까?

용암사막. 헬 하운드 목장이 있는 곳이다.

-예. 저도 알고 있습니다.

-절대악께서 어떤 행동을 취하시겠지요?

-절대악께서 직접 움직이신다고 합니다. 워프 마스터와 함께 이동하시겠다고 하신 것 같습니다.

-시간이 얼마나 걸릴까요?

-에르페스 제국 측 워프 포탈을 타야 하니…… 2시간 정도 걸릴 것이라 예상됩니다.

그나마 절대악과 에르페스 제국 사이에 친선 관계가 형성되어 있어서 더 빠르게 갈 수 있는 거다. 현재 절대악은 굴타왕국과의 영지전에서 승리한 '왕'의 칭호를 가지고 있는, 제국 우호적인 플레이어로 등록되어 있으니까.

로랑은 입술을 살짝 깨물었다.

'늦어.'

바로 이동한다면 절대악의 능력. 그리고 워프 마스터의 도움을 얻어 좀 더 빨리 올 수는 있겠으나 문제가 조금 있었다.

-마계 양치기가 움직이기 시작했습니다.

-움직였다고요?

불꽃 속에 들어가 있던, 휴식을 취하고 있었던 것처럼 보였던 마계 양치기가 결국 불꽃 속에서 걸어 나왔다.

-피리와 채찍으로 헬 하운드들을 조종하고 있습니다.

더 정확하게 말하자면.

-피리로 블랙 헬 하운드 킹을 다스리고 있습니다. 그를 통해 헬 하운드들이 블랙 헬 하운드 킹의 명령을 받고 움직이는 모양새입니다.

블랙 헬 하운드 킹의 등장만으로도, 로랑을 충분히 긴장시킬 수 있는데, 그 몬스터를 조종하는 더 상위급의 몬스터가 모습을 드러냈다. 몬스터에게 크게 데였던 중국 대연합장인 로랑으로서는 걱정이 될 수밖에 없는 상태.

강재명도 조금 불길한 느낌을 받았다.

-헬 하운드 킹을 조종한다면……?

-성벽의 내구도를 무너뜨리고 있습니다. 곧 탈출할 것 같습니다. 탈출하면 어떤 일이 벌어질지 모릅니다.

로랑은 어두운 표정으로 전화를 끊었다.

어쩌면 재앙이 또다시 닥칠지도 모른다. 문 타이거 때도 쑥대밭이 됐다. 헬 하운드 킹도 아니고, 블랙 헬 하운드 킹을 조종할 수 있을 정도의 상급 NPC형 몬스터. 마계 양치기는 더욱 큰 재앙을 불러올 것이 틀림없었다. 다급해진 로랑이 말했다.

"지금부터 우리가 할 일은 여론을 긍정적인 방향으로 유도하는 것이다."

마계 양치기가 어떤 일을 행할지는 모른다. 아직까지 마계 양치기에 대한 자세한 정보는 알려져 있지 않으니까.

"만약……. 마계 양치기가 우리 쪽에 큰 피해를 입히게 된다면 절대악에게 불리한 여론이 또 형성되겠지."

저번에도 그랬었다. 하지만 로랑은 잘 알고 있다. 적어도 지금 시점에서. 지금의 시나리오가 펼쳐지고 있는 상황에서는, 절대악의 심기를 절대로 거스르면 안 된다.

"맞습니다. 아직도 절대악에게 불만을 갖는 사람들이 꽤 존재하는 거로 알고 있습니다."

제2의 블랙샤크를 꿈꾸는 야망가, 혹은 중국이 세계의 중심이라는 사상을 가진 플레이어들은 여전히 많이 존재했고, 그들은 이 틈을 파고들어 절대악을 물어뜯을 것이다. 그렇게 하여 흑흑연합의 위세를 무너뜨리고, 중국 내 최고의 연합으로 우뚝 자리매김하고 싶어 안달 난 연합들이 아직도 많이 존재하고 있다.

"이번 일로 피해가 생긴다면…… 절대악의 관리 감독 소홀이라 주장할 것이 뻔해."

사실 따지고 보면 그렇지 않다.

"영지 주변에서 모습을 드러낸 새로운 몬스터에 의하여 피해가 발생하는 것은 당연한 것 아닙니까?"

그것이 헬 하운드가 아닌 그 어떤 몬스터가 됐든 새로운 몬스터가 나타나면 피해가 있게 마련이다. 그렇다고 주변 영지의 영주가 플레이어들에게 보상을 하거나 하지는 않는다.

"어쨌든 헬 하운드는 절대악이 키우는 몬스터니까. 그걸로 막대한 부도 쌓고 있는 게 사실이고."

"절대악의 잘못이라는 얘기입니까?"

"아니, 절대."

설사 절대악에게 책임이 있다고 해도, 그에게 책임을 물을 수 없다. 아니, 물어서는 안 된다. 자세한 이유를 설명하지는 않았지만, 로랑은 거기까지 말하고서 입을 다물었다.

'절대악이 모르골 쪽으로 넘어오려면 아직 1시간은 넘게 남았는데.'

그때 또 다른 보고가 올라왔다.

"연합장님! 결국 마계 양치기가 성벽을 넘어섰습니다."

"행방은?"

"알 수 없습니다!"

"감시를 붙여놨잖아."

"그것이……."

보고를 하던 플레이어 하나가 어렵게 입을 열었다.

"사망했습니다."

"사망했다고?"

꽤 수준급 플레이어를 붙여놓았는데. 그것도 완전히 가까이 간 것이 아니라, 최소 2㎞ 이상의 거리를 벌려놓고 그곳에서 마계 양치기를 관찰하고 있었다. 그런데 사망이라니.

"마계 양치기에게 마법능력이 존재하는 것 같습니다."

마계 양치기에게는 마법능력이 있단다.

"자유자재로 워프를 활용합니다."

"젠장."

"워프 마스터와 비등한 수준. 혹은 그보다 높은 수준의 워프를 구사합니다."

새로운 몬스터가 나타났다. 그것도 또, 또 하필이면 중국에 말이다. 문 타이거도 모자라서 이번에는 마계 양치기다.

'왜 또 우리냐!'

왜 또 우리가 고통받는단 말인가.

"마계 양치기의 위치를 실시간으로 추적하고 보고해. 우리도 레이드 팀을 꾸린다."

보고자가 조심스레 물었다.

"혹시…… 절대악과도 거래합니까?"

그 말의 뜻은, '이번에도 절대악이 와서 도와주느냐, 절대악과 친분 관계를 유지하고 있는 흑흑연합이 절대악을 이번 일에도 끌어들일 것이냐'라는 뜻이다.

"거래?"

로랑이 고개를 저었다. 거래? 거래가 아니다. 거래는 동등한 관계에서 서로가 이득을 주고받는 것을 말한다.

"우리는 거래를 하는 게 아냐."

완벽하게.

"부탁을 하는 거지. 도와달라고."

자존심 상해도 어쩔 수 없다. 아니, 로랑은 애초에 자존심이 상한다고 생각조차 하지 않았다. 힘의 격차, 클래스의 격차를 이미 인정하고 있는 상태니까.

"……그건 너무 비굴한 것 아닙니까?"

"그렇게 생각하나?"

로랑은 씁쓸하게 웃었다. 저렇게 생각할 수도 있다. 그러나 그렇지 않다.

'이미 세계는 하나의 흐름으로 움직이고 있어.'

로랑은 그걸 안다. 흑흑연합의 수뇌부들도 알고 있다. 굳이 '그것'까지 말하지는 않았다. 아직, 조금 더 두고 보기로 했으니까.

'이 시점에서 절대악과 등을 돌리는 행위는 미친 짓이야.'

어떻게든 '반 절대악' 여론의 불씨가 피어오르지 않도록 해야 한다. 반드시 그렇게 해야 했다. 미국의 경우를 보지 않았는가.

"우리 쪽에서 먼저 건드리거나 기분 나쁘게 하지 않으면……. 그는 세계를 위해 일할 사람이다."

꼭 먼저 건드려서 큰일들이 벌어지지 않았던가.

같은 시각. 이주랑은 참다못해 한주혁에게 물었다.

"아서 님. 뭐 신나는 일 있습니까?"

"왜요?"

"그냥 기뻐 보입니다."

이주랑이 먼저 말을 건네는 건 흔하지 않은 일이다. 그만큼 한주혁의 표정에 기쁨이 묻어나 있었던 듯했다.

"티 났어요?"

"……"

한주혁이 가벼운 걸음을 옮겼다.

"블랙 헬 하운드 킹. 그리고 마계 양치기."

이름만 들어도 뭔가.

"블랙 스톤을 마구 뿌려줄 것 같지 않아요?"

"……"

이주랑은 상황을 안다. 아직 중국 전체에 '블랙 헬 하운드 킹'과 '마계 양치기'에 관한 소식은 퍼지지 않은 것 같다. 중국 수뇌부들만 알고 있는 듯했다.

그들이 얼마만큼 긴장하고 있는지, 또 얼마만큼 피 말리게 레이드 팀을 구성하고 있는지, 얼마만큼 절실하게 정보를 모으고 대비하고 있는지. 잘 알고 있다.

'……'

그런데 이런 절대악의 마음을 안다면 그들은 어떨까.

'이런 게 상대적 박탈감인가.'

괜스레 중국의 수뇌부 그리고 중국 탑급 플레이어들이 불쌍해졌다. 그들의 고통을 조금이나마 알 것 같았다. 이주랑의 마음을 아는지 모르는지, 한주혁은 걸음도 가볍게 중국 기반 대륙으로 향했다.

그런데 그때, 시르티안을 통해 한 가지 보고가 들어왔다.

-주군. 흑흑연합의 연합장 로랑이 사망했다고 합니다. 델리트는 아닌 것 같습니다만.

-로랑이?

의외였다. 로랑도 상당한 수준급 플레이어이자 세계적인 랭커인데. 갑자기 왜 죽었단 말인가.

-마계 양치기에게 죽었나?

-아닙니다.

이어지는 보고는 조금 의외였다.

로랑이 사망한 것은, 몬스터에게 죽은 것이 아니었다.

"저게 뭐냐?"

플레이어들은 흑흑연합의 주요 영지 중 하나이자, 예전에 절대악이 전송소를 설립해 주었었던 '라망투'의 중앙 광장에서 무언가를 발견했다.

"어?"

"로랑님의 시체 같은데?"

"시체? 시체가 왜 저기 있어?"

시체라고 말한다면 곧 '검은 잿더미'를 뜻한다. 검은 잿더미는 클릭 가능하게 설정되어 있었는데 '로랑'이라는 이름이 버젓이 박혀 있었다.

"흑흑연합장 로랑?"

"에이 설마. 말도 안 돼."

로랑은 많은 중국인들에게 우상과도 같은 존재다. 세간에 알려지기로는 굉장히 가난한 집안에서 태어났다고 알려져 있다. 자수성가의 표본이라고도 알려져 있을 정도다.

"설마. 진짜 로랑?"

"맞는 거 같은데."

그런데 저 시체가 어째서 중앙 광장. 그것도 흑흑연합의 본거지 중 하나라 할 수 있는 '라망투'에 버젓이 있단 말인가. 마치 전시라도 한 것처럼 말이다.

"헐. 올림푸스 매니아에 속보 떴다."

"흑흑연합 연합원들한테 협공받아 죽었다는데?"

"엥? 흑흑연합원들이 왜 흑흑연합장을 죽여?"

영상도 하나 공개가 됐다.

-우리는 거래를 하는 게 아냐. 부탁을 하는 거지. 도와달라고.
-그건 너무 비굴한 것 아닙니까?

이렇게 시작하는 그 영상은 중국 최대, 최고인 흑흑연합 연합장의 비굴한 모습이 담겨져 있었다.

많은 중국인들이 보기에 영상 속 로랑은 충분히 비굴했다. 대등한 관계에서의 거래도 아니고, 도움을 요청하고 빈다니.

"그래서 부연합장이던 골렌이 로랑을 죽였대."

"대박이네."

중국 내 움직임이 심상치 않게 돌아갔다. 굉장히 빠른 속도로, 많은 일들이 진행됐다.

"말하자면…… 반란이네?"

"흑흑연합도 지금 분열돼서 서로 싸우고 있나 봐."

로랑을 지지하는 플레이어들이 있으면, 골렌을 지지하는 플레이어도 있게 마련이다. 블랙샤크 때의 상황을 떠올리며 조금 비굴하더라도 절대악과의 친선 관계를 유지해야 한다는 입장도 있고, 언제까지 절대악에게 끌려다닐 수 없다며 자주 플레이를 할 수 있도록 기반을 마련해야 한다는 입장도 있었다.

"근데…… 골렌이 로랑보다 더 셌나 봐?"

"기습이라고는 해도 로랑이 아무것도 못 하고 죽었다는데?"

그것은 곧 이렇게 포장되었다.

"절대악에게 의존만 하고, 스스로는 아무것도 하지 않은 자의 최후지 뭐."

"스스로 일어서지 않으면 결국 이렇게 된다는 건가?"

한 번 사망하면, 로그인까지 3일이 걸린다. 로랑은 3일의 시간을 잃고, 골렌은 3일의 시간을 얻는다.

"3일이면 내부적으로 충분히 결속을 다지고 리더로 우뚝 올라설 수 있는 것 같던데?"

"그만큼 로랑의 힘은 약해질 테고……."

골렌은 이렇게 주장했다.

-우리에게 약한 연합장은 필요 없다.

그렇게 주장하면서 스스로 강한 중국. 스스로 일어서는 중국을 주장하며 흑흑연합의 연합장이 되었음을 선포했다. 말 그대로, 연합 내의 쿠데타가 일어났다.

중국 플레이어들은 또 다른 소식도 접했다.

"어? 그리고 이건 또 뭐야?"

절대악 소유의 헬 하운드 목장. 그곳의 헬 하운드들이 성벽을 넘어 일반 필드로 나오기 시작했다.

"미친. 그거 엄청 위험한 몬스터 아니냐?"

"내가 이럴 줄 알았다. 그런 위험한 몬스터를 자기네 땅도 아니고 중국 땅에서 사육한다고 할 때부터. 이런 일이 벌어질 줄 알았다고."

그런데 그게 중요한 게 아니었다.

"흑흑연합이 급하게 레이드 팀을 꾸려서 레이드를 시작했대."

레이드 영상도 공개가 되었다. 전면전을 펼친다기보다는, 일종의 탐색전을 펼치는 모양새였다.

헬 하운드의 능력이 어느 정도인지. 또 블랙 헬 하운드 킹은 어떤 능력을 가졌는지. 그리고 새로이 나타난 피리와 채찍을 들고 있는, 마계 양치기라는 이름을 가진 몬스터는 어떤 힘을 가졌는지. 그걸 알아보기 위해서 말이다.

"살짝 치고 빠진 모양이던데……."

"별로 안 밀리는데?"

중요한 것은, 골렘이 직접 이끄는 레이드 팀이 마계 양치기가 이끄는 블랙 헬 하운드 킹과 헬 하운드 무리와 비교적 대등하게 전투를 펼쳤다는 것이다.

"비록 탐색전이긴 했지만 말이야. 그래도 어느 정도 가능성을 본 것 같아. 조만간 준비해서 대대적인 레이드 팀을 꾸린대."

헬 하운드의 규모가 워낙 커서, 소수의 레이드 인원으로는 놈들을 잡을 수 없다고 했다.

"그러면 절대악의 도움이 굳이 필요 없는 거 아닌가?"

로랑의 비굴한, 지나치게 절대악에게 복종적인 모습이 공개되면서, 중국인들의 반감이 많이 커진 상태.

"우리도 스스로를 지킬 수 있어야지. 그래도 우리는 중국인데. 매일 한국에 조아리는 것도 자존심 상하는 일 아닌가?"

"절대악 등장 이전까지, 한국은 중국의 속국이었잖아."

"절대악 빼면 한국이 뭐 있냐? 그냥 절대악빨이지."

한국에는 절대악이 있다. 절대악이 너무 특출난 플레이어다. 그가 너무 대단해서 한국의 위상이 높아졌을 뿐, 절대악을 제외하면 한국은 별 볼 일 없다. 실제로 많은 중국인이 그렇게 생각했고, 그러한 여론이 급물살을 타기 시작했다.

한주혁도 시르티안을 통해 현재 상황을 전해 들었다.

'로랑이 사망했고…… 시체가 라망투에 전시되어 있다라.'

많은 중국인들의 우상이라 할 수 있는 로랑이 골렘에 의해 반격조차 제대로 못 하고 사망했다는 건 한주혁도 충격이었다.

'무슨 수를 쓴 거지?'

로랑이 그렇게 약한 플레이어가 아닌데.

'어쨌든 중요한 건…….'

탐색전 결과로만 보면 중국 플레이어들 스스로 마계 양치기를 잡을 수 있을 것 같았다.

'블랙 스톤 나올 거 같은데.'

블랙 스톤이 나올 것 같은 느낌이다. 이번에 무려 50개를 소모하지 않았는가. 많이 썼으니까 많이 생길 시점이다. 한주혁은 그렇게 생각하고, 그러길 바라고 있었다.

한주혁이 귓말을 전송했다.

-저들이…… 내게 책임을 돌리는 것 같지는 않네.

헬 하운드들에 의해 피해가 발생했다면, 저들도 절대악 책임론을 들고 나왔을지도 모른다.

-예. 꽤 수입을 올릴 수 있을 거라 기대하고 있는 것 같습니다.

헬 하운드만 하더라도 레드 스톤을 드랍하는 굉장히 고급 몬스터 아니던가.

-몬스터들이 스스로 탈출하였고, 그것을 곧 기회로 삼았다는 시각이 지배적입니다. 일부러 그렇게 조장하고 있습니다. 흑흑연합을 휘어잡았다는 골렘이 말입니다.

마침 명분도 갖춰졌다.

-그들의 일이니 먼저 해결해 보겠다고 절대악이 굳이 먼 걸음을 하지 않아도 된다고. 나중에 필요하면 그때 거래를 하겠다고 얘기하고 있습니다.

어쨌든 그들의 일이 맞으니 저 말이 아예 틀린 건 아니다. 스스로 해결해 보겠다는 것이 나쁜 건 아니니까.

한주혁이 어깨를 으쓱했다.

'뭐가 되게 빠르네. 내가 출발한 지 이제 1시간밖에 안 됐는데.'

겨우 1시간 사이에 벌어진 일들이다. 어쩌면 골렘은 오래전부터 반란을 꿈꿔왔을지도 모를 일이다.

한주혁이 말을 이었다.

-그런데 조금 이상하네. 헬 하운드도 아니고, 헬 하운드 킹도 아니고, 블랙 헬 하운드 킹이 포함되어 있는 헬 하운드 무리와 대등하게 싸웠다고?

헬 하운드 목장에서 사육했던 헬 하운드들이 대략 5만여 마리 정도 된다.

-헬 하운드도 5만 마리 정도 될 텐데?

-성 밖으로 빠져나온 헬 하운드들이 오히려 훨씬 온순해졌다고 합니다. 골렘의 표현을 빌리자면 충분히 상대할 수 있을

정도라고 합니다.

온순해진 헬 하운드. 공격하지 않는 블랙 헬 하운드 킹. 그리고 마계 양치기.

-마계 양치기가 키가 되는 건 맞는 것 같은데……. 잘 모르겠네.

그렇게 약 15분 정도가 흘렀을 때. 또다시 새로운 상황이 펼쳐졌다.

삐이이이익-!

괴상한 소리가 났다. 마계 양치기가 피리를 불었다. 굉장히 높은 고주파였다. 가만히 앉아서 듣고 있기 괴로울 정도의 소리. 그 소리와 함께 블랙 헬 하운드 킹과 헬 하운드들이 '라망투'를 공격하기 시작했다.

스스로 흑흑연합의 연합장이 되었다고 주장하고 있는 골렌이 황급히 라망투로 복귀했다.

'갑자기 이게 무슨……!'

라망투의 성벽이 버텨주고는 있으나 공세가 만만치가 않다.

'놈들이 이렇게 강했다고?'

이미 탐색전을 치른 상태였고 가능성이 충분하다 생각했다. 한 번의 전투로 얻은 결과가 그랬다. 그런데 이건 아니었다.

'왜 갑자기 훨씬 강해졌어?'

온순했던 몬스터들이 갑자기 돌변했다. 말 그대로 지옥에서 올라온 파수꾼들 같았다.

"성벽의 내구도가 급속도로 떨어지고 있습니다!"

흑흑연합의 연합원들이 어떻게든 성벽을 사수하려 했지만 헬 하운드들이 뿜어내는 뜨거운 불길을 제대로 막아내지 못했다.

골렌은 황급히 워프 포탈을 사용하여 다른 영지로 이동했다.

'미친……!'

입술을 잘근잘근 깨물었다.

'성을 함락시키는 몬스터 군단?'

느낌이 안 좋다.

'게다가 5만이 넘는 헬 하운드들이 갑자기 모습을 드러냈어.'

워프 마스터인 이주랑도 못 하는 거다. 몬스터들과 함께 이동하는 특수한 능력을 가지고 있는 마계 양치기, 그 마계 양치기가 라망투를 결국 접수했다.

상황이 급박하게 돌아갔다.

"현재 라망투 상황은?"

"헬 하운드들이 성벽 밖에 나와 휴식을 취하고 있습니다."

"성안에 있던 플레이어들은?"

"몰살당했습니다."

"미쳤군."

설정값이 변했다. 일단 성을 공격하여 안에 들어앉는 몬스터도 거의 없을뿐더러, 성안에서 학살당하는 경우도 거의 없다. 세계를 통틀어 봐도 유사한 상황을 찾아보기 힘들다. 굳이 따져보자면 저번 문 타이거 사태와 비슷한 상황이라 할 수 있었다.

'성이…… 더 이상 안전지대가 아니게 된 거야.'

그런데 상황 변화는 그게 끝이 아니었다. 새로운 소식이, JTBN을 통해서 알려졌다. 이번 상황에 깊은 관심을 갖고 있는 JTBN의 실질적 사장(JTBN의 소유주는 란돌이다), 마침 라망투 근처에 있던 손석기가 직접 가서 취재했다. 헬 하운드들의 감시를 피해서 마법 드론을 날려 성 내부의 사정을 살폈다.

-마계 생물체들이 모습을 드러내고 있다고 함.
-저게 뭐임?
-검은 양이라는 이름의 몬스터인 것 같은데.
-저게 양이라고?

크기는 약 5미터. 검은색 털을 가진, 양과 흡사한 몬스터가 나타났다. 털이 굉장히 복슬복슬했는데, 눈동자에서는 시뻘건 빛이 새어 나오고 있었다.

-뿔이 무슨 사슴뿔보다 더 큰데?

-보통 양 형태의 몬스터는 약하게 마련인데…….

약해 보이지 않았다.

-몬스터가 성을 점령하고 거기에 둥지를 튼 경우가 있었어?
-없었지.

마계 양치기가 처음이다. 심지어 거기에 마계 생물체들이 나타났고, 그 몬스터들은 양의 형태다.

한주혁도 실시간으로 상황을 전해 들었다.

-라망투가 함락되었고 골렘은 도망쳤다고 합니다. 마계 양치기 무리가 어떻게 손을 쓸 수 없을 정도로 강력한 공세를 퍼부었다 합니다.

-원래는 온순하고 약했던 몬스터들이, 갑자기 변했다는 뜻인가?

-그렇습니다.

상황이 재미있게 흘러갔다.

'양치기가 나타났고, 양이 나타났네.'

그리고 헬 하운드가 존재한다.

'라망투가 놈들의 본거지가 된 거고.'

말하자면 목장이 됐다. 목장. 그리고 양. 그 양을 지키기 위해 마계 양치기가 있는 모양이고.

'타이밍이 묘해. 내가 마계로 가는 게이트를 연 그 시점에.'

하필이면 그때.

'말하자면 마계에서 이쪽으로 넘어오는 게이트가 열렸어.'

이게 무엇을 의미하는 걸까. 그냥 단순히 우연인가.

한주혁이 물었다.

-그래서 중국 측 입장은?

-골렘이 아직까지 말을 아끼고 있습니다. 하지만 저는 주군께서 어떤 그림을 그리고 계신지 알 것 같습니다.

한주혁이 씨익 웃었다.

-역시 시르티안은 내 마음을 잘 알아.

-안 그래도 조치를 미리 취해놓았습니다.

-잘했어.

-에투모로 가시면 만나실 수 있을 겁니다.

이제 마지막 워프 포탈만 타면 모르골 제국 쪽으로 넘어갈 수 있다. 그곳에, 시르티안이 안배를 미리 해놓았단다.

모르골 제국으로 넘어가는 마지막 워프 포탈. '에투모 워프 포탈'에 말이다.

8장
큰 형님 오셨다

에투모 워프 포탈. 원래 풀 네임은 '에르페스 투 모르골 워프 포탈'이다.

이름에서 알 수 있듯 이 에투모 워프 포탈은, 에르페스 제국과 모르골 제국이 상호 협의하에 제국과 제국 단위로 건설한 워프 포탈이다.

이곳 말고도 에르페스에서 모르골로 넘어가는 워프 포탈은 몇 개 더 존재하지만, 이곳이야말로 에르페스와 모르골을 오고 가는 최상위급 루트라고 할 수 있다.

"그쪽 여자분, 뒤로 가주세요. 줄을 서야 합니다."

최상위급 루트답게 이곳에서는 어지간한 명함으로는 이름도 내밀 수 없다. 에르페스와 모르골의 무역 거래는 원래부터 활발했다. 그에 따라 에르페스와 모르골을 오가는 상인 NPC와 플레이어들이 상당히 많았다.

여자가 말했다.

"저보고 여기 있으라고 했는데요."

"신분증과 워프 포탈 이용권을 보여주시겠습니까?"

"그거 오빠가 가져온대요."

한세아는 마음 편하게 생각했다. 에투모 워프 포탈? 뭐 워프 포탈 중 하나겠지.

'음, 오빠는 언제 오나?'

주변을 둘러보니 이곳을 이용하는 NPC와 플레이어들은 나름 돈이 꽤 있는 것처럼 보였다.

'아이템 때깔들이 좋네.'

사냥 아이템도 아니고, 그냥 평상복들인데 재질이 굉장히 좋았다.

당연한 말이지만 일반 플레이어들은 평상복보다는 사냥에 특화된 아이템에 투자를 한다. 다시 말해 이곳의 NPC와 플레이어들은 사냥에 특화된 아이템도 가지고 있을뿐더러, 거기에 더해 평상복에도 투자를 할 수 있을 정도의 경제적 능력을 가진 사람들일 확률이 높았다.

에투모 워프 포탈을 관리하는 NPC 중 한 명인 리베아는 슬슬 짜증이 나기 시작했다.

'내 기억에는 없어.'

기억에는 없는 귀족이다.

'복장을 보아하니 마법사.'

마법사라면 더욱더 범위가 좁혀진다. 마법사인데, 저 정도로 예쁘면서 오빠가 있는 귀족? 심지어 플레이어?

'없어.'

리베아는 확신했다.

"이 루트는 최소 공작급 이상의 자격, 혹은 에르페스나 모르골 제국이 특별히 인정하는 공로를 세운 분들만 다이렉트로 이용할 수 있는 하이패스 루트입니다."

"저는 루나라고 하고요. 우리 오빠 공작 넘어요."

리베아는 저도 모르게 인상을 찡그릴 뻔했다.

가끔 있다, 이런 진상 고객.

'말투가 왜 저래? 우리 오빠가 공작을 넘어?'

플레이어들은 어찌어찌 귀족이 된다 할지라도 품위와 교양이라곤 눈 씻고 찾아볼 수도 없다더니, 그 말이 딱 맞는 것 같다. 그녀가 아는 귀족들은 저렇지 않다. 항상 품위와 교양이 넘친다.

이를테면 '저희 오라버니인 누구누구가 이곳을 향해 출발하였고 언제쯤 도착할 예정이랍니다. 실례지만 이곳에 편히 쉴 수 있는 자리를 만들어주실 수 있을까요? 따뜻한 홍차를 곁들이면 좋을 것 같네요'처럼 말이다.

'어디 고위 귀족도 아닌 플레이어가…… 여기를 이용하려고 들어?'

물론 리베아도 귀족은 아니다. 애초에 귀족들은 이러한 안내 업무를 맡지 않는다. 그렇지만 고위 귀족들을 하도 오래 접대하다 보니, 하위 귀족들은 그다지 높게 느껴지지 않았다.

 "귀하의 오라버니가 어떤 귀한 분이신지는 모르겠지만…… 일단은 저 뒤에서 줄을 서서 기다려 주시면 감사하겠습니다."

 그런데 그때, 사람들이 웅성거리기 시작했다.

 "미스 에르페스?"

 "소문으로 듣던 그 미스 에르페스인 것 같은데."

 미스 에르페스가 모습을 드러냈다. 미스 에르페스 본인의 요청으로 에르페스 내에 얼굴이 뿌려지지 않았는데, 그래도 NPC들은 복장과 이목구비. 그리고 간간이 퍼져 있던 스케치를 통해 저 여자가 미스 에르페스임을 직감했다.

 "에이, 로브 써버렸네."

 "얼굴 좀 자세히 볼 수 있었는데. 아쉽다."

 "얼핏 봤는데 진짜 예뻤다. 정말 얼핏 봤는데도……. 저렇게 아름다울 수가 있나? 사람이?"

 한주혁은 이런 상황이 너무 익숙해서 일일이 대응하지는 않았다. 한주혁에 말했다.

 "먼저 와 있었냐?"

 "응. 시르티안이 여기로 이동하라고 했어. 마침 이 근처에 있기도 했고."

 "가자."

이미 약간 짜증이 난 상태인 리베아가 하이패스를 막아섰다.

"귀하의 신분증을 보여주십시오. 이곳은 최소 공작급 이상의 고위 NPC들만 이용할 수 있는 특별한 곳입니다."

웃고는 있었으나 그녀의 목소리에는 약간의 짜증이 묻어나 있었다.

쉽게 말해 여기는 자격 있는 정말 높은 이들만 이용할 수 있어. 그러니까 찌끄래기들인 너희는 좀 제발 뒤로 가줄래? 귀찮게 하지 말고. 그런 뜻이다. 리베아는 정말로 그렇게 말하고 싶었다.

"아, 신분증. 잠시만요. 보여 드릴게요."

한주혁이 어깨를 으쓱했다. 신분증을 꺼내 보여주려 했다. 제국으로부터 직접 받은 신분증이 있지 않던가.

그런데 그때 누군가 소리쳤다.

"네 이년! 오오옷! 겁대가리를 상실했구나! 오옷! 옷! 옷!"

듀퐁 백작이었다. 듀퐁 백작이 헐레벌떡 뛰어왔다.

"이분은 절대악이시다! 미스 에르페스가 옆에 있는데도 모르느냐! 옷! 옷! 옷! 눈깔이 장식이냐! 오오옷!"

듀퐁은 한주혁의 눈치를 살폈다. 듀퐁의 눈에, 한주혁은 팔이 8개쯤 되고 다리가 16개쯤 되는 괴물처럼 느껴졌다. 그 정도로 말도 안 되는 능력을 가진 플레이어였으니까.

그래서 다급해졌다. 그럴 리 없겠지만 여기서 깽판이라도 쳤다가는 난리가 날 테니까.

"이분은! 에르페스로부터 자치 독립을 인정받은 아서 대륙의 패자이시며! 굴타 왕국을 제패하신 절대악이시다! 옷! 이 계집년! 어디서 눈을 똑바로 부라리고 감히 신분증을 요구하느냐! 옷! 오오옷!"

듀퐁은 철저하게 강자에게 약하고, 약자에게 강한 타입인 듯했다. 한주혁이 듀퐁의 어깨를 톡톡 건드렸다.

마치 저승사자를 만난 것처럼 듀퐁은 화들짝 놀랐다.

"히이익! 오오오오옷! 여, 역시 화나셨습니까? 오옷!"

"아니요. 듀퐁 백작님이 여기 있는 줄은 몰랐네요."

"저, 저도 모르골 제국 쪽과 거래를 하는 것이 있어서…… 오옷……!"

한주혁이 듀퐁 앞을 막아섰다.

"여기 신분증입니다."

이 사람은 이 사람이 할 일을 하고 있을 뿐. 한주혁은 그렇게 생각했다. 리베아가 허리를 숙이고 또 숙였다.

"정말 죄송합니다. 몰라 봬서 정말 죄송합니다."

가만히 두면 무릎이라도 꿇을 기세였다.

"아뇨. 고위 귀족들 얼굴을 다 외우고 있는 것도 아닐 테고 괜찮아요. 사과 안 하셔도 됩니다. 듀퐁 백작님이 너무 오버했네요."

가볍게 던진 '너무 오버했네요'라는 말에 듀퐁의 등에서 식은땀이 줄줄 흘러내렸다.

"죄, 죄송합니다! 오오옷!"

반대로 리베아는 지옥에서 구원받은 느낌을 받았다. 플레이어에 대한 선입견이 많이 있었던 리베아였는데, 그 선입견이 한 번에 와장창 무너져 내렸다. 한주혁의 태도에 감동했다.

눈시울이 아주 약간 붉어진 리베아가 말했다.

"바로 안내하겠습니다. 절대악 님."

그제야 리베아도 이 일행이 어떤 일행인지 깨달았다. 최근 플레이어들 중에서도 가장 두각을 드러내고 있으며 어지간한 고위 NPC들보다도 더욱 큰 위세를 떨치고 있는 유일한 플레이어 아닌가. 왕으로 인정받고 있는 인류 역사상 최초의 플레이어.

"진짜 절대악이 맞다네."

"이봐, 듀퐁. 저분이 정말 절대악이 맞나? 그렇다면 옆에 저 레이디가 정말로 미스 에르페스가 맞겠군."

"정말이네. 오옷!"

듀퐁이 식은땀을 흘리며 작게 말했다.

"아니, 이 못 배워먹은 종자야. 미스 에르페스에 대해서 그렇게 크게 쑥덕거리면 어떡하나? 오오옷! 자네들 때문에 미스 에르페스께서 굳이 로브를 뒤집어썼잖나! 오옷!"

"그게 뭐 그렇게 대수인가?"

"이 글러먹은 새끼! 굴타 왕국이 무너진 과정을 아직도 몰라? 오오옷!"

"그건 절대악에게 다른 이유가 있어서 그런 것 아니었나?"

고위 NPC들은 그 누구도, 절대악이 미스 에르페스 한 명 때문에 굴타 왕국에게 전쟁을 걸었다고는 생각하지 않았다.

하이패스를 통해, 먼저 사라진 절대악을 확인한 듀퐁 백작이 버럭 소리를 질렀다.

"이 미친놈들아! 다들 눈 깔어! 굴타 왕국이 멸망한 건, 진짜로 미스 에르페스 한 명 때문이란 말이다! 오오오옷! 진짜 가문이 멸족되는 걸 보고 싶다면 미스 에르페스에 대해 계속 쑥덕거려 봐라! 나는 경고했다, 오오옷!"

절대악은 모르골 제국으로 이동했다. 여기서부터는 이주랑이 이동을 책임져 주기로 했다.

이주랑이 조용히 물었다.

"어떡하시겠습니까? 바로 라망투로 이동할까요?"

"예. 바로 앞까지 이동하는 건 위험할 수 있으니까 라망투 근처 적당한 곳으로 이동하죠. 북쪽에 계곡이 하나 있는 것 같던데."

"알고 있는 곳입니다. 그쪽으로 이동하겠습니다."

라망투 근처로 워프했다. 한주혁의 광역 탐지에 많은 것들이 느껴졌다.

'여기에 다른 몬스터들 있었던 것 같은데.'

마계 양치기와 헬 하운드들의 위세에 밀려 도망친 것 같았다.

'필드 설정값 자체가 변했네.'

NPC들의 영구 토벌이 있었던 것도 아닌데, 몬스터들의 리젠 위치가 바뀌었다. 흔히 있는 일은 아니다.

'헬 하운드들. 그리고 마계 양치기.'

하늘에는 드론 몇 대가 떠 있는 것이 느껴졌다. 아마도 손석기가 운용하고 있는 마법드론 같았다.

그는 현재 전 세계에서 라망투를 촬영할 수 있는 유일한 플레이어라고 알려져 있다. 손석기를 제외한, 다른 플레이어들의 드론은 마계 양치기의 기감에 잡혀 족족 파괴되었으니까.

-손석기 님. 저 라망투 도착했고요. 현재 북쪽 계곡 근처에 있습니다. 바로 그쪽으로 이동합니다.

-알겠습니다.

한주혁 일행이 그렇게 급하지 않게 라망투로 이동했다. 이동하면서 한주혁이 말했다.

"이 언저리까지는 비교적 안전할 겁니다. 다들 여기 있으세요. 그리고 루나만 나를 따라와."

루나. 그러니까 한세아만 한주혁 뒤를 따랐다. 아이템 콜렉터 3층성은 조금 궁금해졌다. 루펜달에게 물었다.

"루펜달. 이거 왜 이런 거냐?"

"뭐가?"

"우리를 왜 군이 데려와서 이곳에 내버려 두는 거지?"

하다못해 헬 하운드를 잡았을 때 나오는 아이템을 줍기 귀찮아서라도, 자신을 데려가는 것이 맞지 않는가.

"왜냐하면 형님이시기 때문이지."

"그게 뭐냐?"

"형님은 형님이시기 때문에 형님이시다."

"그러니까 그게 뭐?"

"형님은 위대하시다."

3충성은 깨달을 수 있었다.

"사실 너도 이유 모르지?"

루펜달은 꿋꿋했다.

"형님은 존귀하시기 때문이다."

"……"

루펜달도 정확한 이유는 모르는 듯했다. 천세송이 빙그레 웃었다. 천세송은 오빠가 하려는 게 뭔지 잘 알고 있었으니까.

'지금 오빠는 헬 하운드와 마계 양치기를 잡으러 간 게 아니야.'

그랬다면 자신도 데려갔겠지만, 아이템 콜렉터인 3충성만큼은 꼭 데려갔을 거다. 지금 한주혁이 노리는 건 그게 아니었다.

'지금 타이밍이 헬 하운드랑 마계 양치기를 잡기에 좋은 타이밍도 아니고.'

손석기의 드론이 한주혁의 모습을 잡아냈다. 그 모습은 JTBN채널을 통해 생중계되었다.

-절대악?

-절대악이 라망투 근처에 모습을 드러냈는데?

-중국 쪽 공식 요청이 아직 없었잖아?

-중국 애들 아직도 정신 못 차리고 지들끼리 알아서 하겠다고 공표했던데? 처음에 탐색전할 때 만만해 보였다고 했잖아.

중국 쪽 공식 요청이 없었다. 현재 한주혁과 가장 가까운 중국 라인인 로랑이 살해당하고, 흑흑연합이 분열되어 있는 상황 아니던가.

-지금 흑흑연합은 골렌이 지휘하고 있다고 했음. 골렌은 반 절대악은 아니지만 자주 플레이를 외치는 플레이어임.

자주적인 플레이가 나쁜 건 아니다. 말 그대로 언제까지 절대악에게 의지할 수는 없는 거니까.

-근데 솔직히 자주 플레이가 목적이 아니잖아. 쟤네는 그냥 절대악이 키웠던 헬 하운드들에게서 얻을 수 있는 레드 스톤이 목적인 거지.

포장만 그럴듯할 뿐, 사실 저들의 목적은 간단했다. 레드 스톤. 그리고 중국에 대한 절대악의 세력 약화.

-중국인들 요즘 자존심 엄청 구겼다고 함.

몇몇이 주장하는 바에 따르면 과거로부터 한국은 중국의 속국이었단다. 그런데 그 속국의 플레이어 하나에게 좌우지되는 상황이 매우 자존심 상하는 상황이란다.

-그래서 절대악 싫어하는 놈들도 많다 함.
-겨우 인구 5천만 있는 한국에서도 아직도 반 절대악, 반 조해성 태극기 집회가 매주 열리는데, 뭐.

하물며 인구 14억의 중국이다. 5천만 명 내에서도 분열되고 서로 뜻이 맞지 않아 마구 싸워대며 여론 통일이 안 되는데, 14억 중국인 모두가 같은 생각, 같은 뜻일 수는 없다.

-어? 근데 절대악 그냥 계속 걸어가는데?
-뭐야?

성문 근처에 엎드려서 낮잠을 자고 있던 블랙 헬 하운드 킹이 눈을 떴다. 천천히 몸을 일으켰다. 블랙 헬 하운드 킹의 눈에서 붉은빛이 새어 나왔다. 마치 붉은색 레이저를 쏘아내는 것 같았다.

그게 끝이 아니었다.

-성안의 마계 양치기도 반응을 보이고 있어.

 마계 양치기가 망루로 올라가는 모습이 보였다. 한 마리, 한 마리. 들판에 퍼져 있던 헬 하운드들도 몸을 조금씩 일으켰다. 그 숫자가 무려 5만에 달하다 보니, 화면으로 보는 위압감이 굉장했다. 그 위압감에 비해 절대악과 7번 성좌 두 명은 너무 작아 보였다.

-그래도 절대악이잖아.
-그냥 뚜까 팰 거 같은데.

 그런데 예상과는 조금 달랐다. 그 둘이 무언가를 진행했다.

-엥? 뭐 하는 거지?
-어라?

 뭔가 이상한 일이 벌어졌다.

 라망투로부터 서쪽 12㎞ 정도 거리에 있는, 푸텐 요새. 푸텐 요새는 바위산 중턱에 있다.

올라가는 길이 두 개밖에 없는 데다가 경사가 꽤 높고 험준하여 공략하기가 힘든 곳이기도 했고. 중국 내에서도 플레이어들 사이의 영지전과 전쟁이 많이 벌어졌었는데, 단 한 번도 공략된 적 없는 요새이기도 했다.

그런 푸텐 요새, 그곳은 현재 흑흑연합의 쿠데타를 주도한 골렌이 도망친 곳이기도 했다.

"서류 작업이 모두 완료되었습니다."

"모르골 제국의 승인만 있으면 끝나나?"

"네. 미리 준비해 놓은 덕에 금방 끝납니다. 아마 2시간 내로 회신이 올 겁니다."

2시간 내에 회신이 온다. 골렌이 회심의 미소를 지었다.

'미리 준비한 보람이 있었네.'

다른 곳은 몰라도, 적어도 라망투와 이곳 푸텐 요새는 먹어야 했다. 그래야 현 흑흑연합의 연합장인 로랑의 날개를 꺾을 수 있으니까. 반란 아닌 반란을 이렇게 빨리 일으키게 될 줄은 몰랐지만 어쨌든 일단 반란은 반쯤 성공했다.

'2시간 후면…… 이 요새는 내 것이 된다.'

이 요새를 기반으로 힘을 끌어모을 수 있을 거다. 단 한 번도 공략된 적 없는 천혜의 요새니까. 전쟁 없이 평화적으로 명의 양도가 잘 이루어질 거다. 플레이어들의 영지를 관리하는 NPC를 잘 구워삶은 덕분에 더욱 쉽게 이루어졌다.

'로랑, 너는 너무 절대악만 의지하며 나태했어.'

그러니까 이렇게 쉽게 사망한 것 아니겠는가. 독을 많이 쓰기는 했지만 어쨌거나 최후에 웃는 사람이 승리하는 사람이다.

'그나저나 라망투는 어떻게 수복하지?'

마계 양치기와 블랙 헬 하운드 킹이 너무 강했다. 처음에는 이 정도가 아니었는데 갑자기 강해졌다.

사람들은 이렇게 해석했다.

양치기는 원래 양을 지키는 사람이고, 무엇인가 지킬 것이 있을 때 더욱 강력해진다고 말이다. 이제는 마계에서 넘어온 양이 생겼으니 그 양을 지키기 위해 마계 양치기가 강해졌다는 설정. 그렇게 이해하려면 이해할 수 있었다.

'NPC들의 도움을 좀 얻어볼까.'

모르골 제국의 NPC들이 플레이어들에게 그다지 친화적인 태도를 보이고 있지는 않지만,

'전송소에서 나오는 이득을 좀 나누고 하면…… 될 것 같은데.'

차라리 그게 낫지 않은가. 중국의 속국이었던 한국인에게 도움을 받는 것보다는, 차라리 중국 NPC의 도움을 받는 게 자존심이 덜 상한다.

'친 절대악 노선을 버릴 수는 없겠지만…….'

그건 당연하다. 절대악은 이 세계의 절대자다. 그와 척을 질 수는 없다. 다만 챙길 건 챙겨야 했다. 절대악만을 의지하지 않아도, 그래도 위기를 헤쳐 나갈 수 있는 리더십도 보여줘야 했

다. 분열된 흑흑연합을 제대로 먹어치우기 위해서라면 말이다.

골렌이 인상을 잔뜩 찡그렸다.

"그런데…… 도대체 뭐 하는 거지?"

절대악의 모습이 JTNB 채널을 통해 송출됐다. 마계 양치기와 블랙 헬 하운드 킹이 경계하는 모습도 잡혔다. 절대악이 뚜벅뚜벅 걷고 있었다. 옆에는 7번 성좌 루나도 함께였다.

'뭐지? 우린 절대악에게 아직 공식 도움을 요청하지 않았는데.'

에르페스에서 모르골까지 2시간은 걸린다. 그러면 미리 준비하고 움직였다는 얘기가 된다. 이쪽의 입장과는 상관없이 말이다.

'로랑이 불렀나?'

아직까지는 알 수 없었다. 좀 더 지켜보기로 했다.

검은 잿더미가 된 로랑은 결국 스스로 로그아웃을 하고 말았다. 의자에 앉아 눈을 감았다.

'실수다.'

아무 생각 없이 독이 들어 있는 차를 마셨다. 안전지대라서 방심한 것이 실수였다. 마비 독이었다. 믿었던 부하 중 한 명에게 배신당했다. 마비를 당한 뒤, 안전지대 밖에서 죽었다.

'내 실수지.'

본진이라 할 수 있는 라망투에서는 이런 일이 없을 거라고 생각했다. 너무 방심했다. 누구를 탓할 수도 없었고 탓할 생각도 없었다. 자신이 잘못해서 당한 거니까.

그런데 그때 전화가 걸려왔다. 절대악의 비서실장. 강재명의 연락이었다.

-무슨 일이십니까?

보통은 로랑이 먼저 강재명에게 연락을 한다. 언제나 아쉬운 건 로랑 쪽이었으니까. 절대악 측으로부터 먼저 연락이 오는 경우는 별로 없었다.

-로그인을 준비하셔야겠습니다.

-아시다시피…… 저는 3일간 시체 상태입니다.

굴욕적이었다. 굴욕도 이런 굴욕이 없었다. 시체가 사라지지도 않았다. 어떤 스킬을 쓴 건지는 모르겠지만, 특수 방부 처리가 되었다. 자신의 시체는 여전히 라망투에 전시되어 있다.

-로그인은 가능하지 않습니까? 아직 시체는 멀쩡하던데요.

-멀쩡은 합니다만…….

시체가 멀쩡해서 강제 로그아웃이 안 됐다. 그냥 시체인 상태로 가만히 있었다. 시체가 전시되는 굴욕을 견딜 수 없어서 로그아웃했을 뿐.

-7번 성좌에게 권능이 있습니다.

-예?

-죽었으면 부활하면 되는 거 아닙니까?

로랑은 순간 자신의 귀를 의심했다.

'부활?'

더 이상 의문을 표하지는 않았다.

'그런데 지금 라망투는······.'

마계 양치기에게 점령당한 지 오래됐다. 지금은 당장 어떻게 할 수 없을 텐데.

'하지만 절대악이 온다.'

그래서 강재명의 말을 듣기로 했다.

-지금 바로 로그인하겠습니다.

한주혁이 라망투로 가까이 걸어갔다.

"오빠. 나 쟤네 좀 무서워, 생긴 게."

블랙 헬 하운드 킹은 크기가 코끼리만 했다. 그것도 불길에 휩싸여 있는, 코끼리보다 훨씬 더 흉폭한 몬스터가 눈앞에서 붉은 눈빛을 뿜어내며 침을 흘리고 있는 모습은 가히 위협적이었다.

한주혁이 어깨를 으쓱했다.

"얘들아. 괜찮아, 괜찮아. 안 때려."

손바닥을 내밀어서 가만히 있으라는 듯한 제스처를 취해 보였다. JTBN 손석기의 드론을 통해 그 모습도 전부 촬영됐다.

-뭐 하는 거지?

-그냥 손바닥 보여주고 있는데?

절대악이 계속해서 라망투를 향해 걸었다.

-뭐야? 쟤네 왜 가만히 있어?

-경계를 하기는 하는데…….

마계 양치기도, 헬 하운드들도 달려들지는 않았다. 그저 가만히 절대악을 쳐다보기만 했다.

비교적 현장에 가까이 있던, JTBN 채널을 연결하여 상황을 지켜보던 3충성은 깨달을 수 있었다.

'지금 저놈들은 경계하고 있는 게 아니다.'

마계 양치기. 그리고 블랙 헬 하운드 킹. 겉으로 보면 경계하고 있는 것처럼 보인다.

3충성이 말했다.

"지금 저놈들. 쫄았습니다."

경계는 하되, 달려들지는 않는다. 지금 겁먹은 상태다. 3충성은 그렇게 파악했다.

천세송이 빙그레 웃었다.

'역시 우리 오빠네.'

아마도 위압을 사용하고 있는 것 같았다. 악/마 계열의 몬스터를 찍어 누를 수 있는 무형의 힘. 그 힘이 마계 몬스터들을 압박하고 있는 듯했다.

천세송의 생각은 사실이었다. 한주혁이 블랙 헬 하운드 킹 앞에 섰다.

"옳지. 안 때려. 걱정 마."

그렇게 말하고서 라망투의 성문을 지나쳤다. 한주혁이 성문을 지나가자, 블랙 헬 하운드 킹에게서 이상 현상이 발견되었다. 드론이 그 현상을 포착했다.

-나만 지금 상황이 이해 안 됨?
-지금…….

그들은 블랙 헬 하운드 킹에 집중했다.

-서서 오줌 싸는데?
-저게 오줌이냐? 거의 폭포수급인데.

크기 5미터에 달하는 괴물인 블랙 헬 하운드 킹이다. 블랙 헬 하운드 킹은 선 상태 그대로, 실수를 하고 말았다.

-긴장 풀려서 오줌 지리는 것 같다.

-개들이 겁먹으면 저런다던데.

그 모습을 통해 사람들은 깨달을 수 있었다.

-지금 블랙 헬 하운드 킹이…… 경계하면서 가만히 있던 게 아니었네.
-경계한 게 아니고 겁먹은 거였어.
-라망투에서 중국 플레이어 전부 학살한 블랙 헬 하운드 킹 아님?

라망투의 학살자. 현재 라망투를 접수하고 있는 마계 양치기와 블랙 헬 하운드 킹이 아무것도 못 했다. 그냥 가만히, 포식자를 지켜보기만 했다.

-대박이다. 싸우지도 않고 성문 안으로 들어가 버렸음.
-마계 양치기도 왜 가만히 있는 거임? 피리도 안 불고 채찍도 안 쓰네.

한편, 파이라 대륙의 왕자. 란돌은 여유롭게 차를 마시면서 JTBN채널을 시청했다.
"태풍이 지나갈 때는 그저 몸을 숨기고 있는 것이 상책이지."
따뜻한 차의 기운이 몸을 훑었다. 온몸이 따뜻해지는 것 같은 기분이 들었다. 언제나 그렇듯, 이 한국의 둥굴레차는 참 맛있는 것 같다.
"제발 그 태풍이 나의 집을 부수지 않기를 바라면서."

태풍이 불어닥치는데 인간이 무엇을 할 수 있단 말인가. 토네이도가 불어닥치면 그저 빌어야 한다. 내 집이 부서지지 않기를.

란돌은 마계 양치기의 생각을 꿰뚫어 봤다.

'양들 중 일부를 포식자에게 내어주는 셈 치고. 포식자가 배불리 먹고 사라지기를 기도하고 있겠지.'

마계 양치기도, 블랙 헬 하운드 킹도. 한주혁이라는 태풍 앞에 그저 가만히 서 있기만 했다. 그리고 그 한주혁은 라망투의 중앙 광장에 도착했다.

중앙 광장에는 로랑의 시체가 버젓이 놓여 있었다. 마계 양 중 일부가 먹을 것인 줄 착각하고 몇 번이고 씹었던 시체. 일부 중국 플레이어들에게 비웃음을 샀던 그 시체.

그 시체를 쳐다보며 한주혁이 말했다.

"살려."

"알겠어."

대중에는 공개된 적 없던 7번 성좌의 권능. 부활이 세상에 선을 보였다.

-헐?
-시체 살려냈네?
-지금 7번 성좌지? 앱네 아니지?

앱솔루트 네크로맨서는 시체를 언데드화하여 부린다.

-언데드 아님.
-그냥 살아났음.
-이건 사령술이 아니라 진짜 부활임.
-부활이 된다고? 이거 사기 아니냐?
-이건 밸붕이지.

절대악에게 늘 따라다니는 말이 있다. 밸런스 붕괴. JTBN을 통해 그 밸런스 붕괴의 현장이 적나라하게 포착됐다.

-밸런스 보소.
-이게 말이 되냐? 부활이라니?

그런데 또 따지고 보면 원래 성좌는 절대악과 반대편이다. 따지고 보면 원래 성좌에게 유리한 기술이다.

-절대악을 상대하려면 부활 정도는 해야 하는 거 아니냐?
-맞다. 그러고 보니 7번 성좌는 원래 성좌네.
-성좌들이 개뻘짓만 안 했어도 절대악 견제했겠지. 적대악처럼.
-하긴, 성좌들이 얼마나 등신짓을 했으면…… 제우스가 적대악을 만들었을까.

7번 성좌를 보면 알 수 있었다.

-제대로 큰 성좌는 부활까지 쓰잖아.
-광역기 한 방이면 어지간한 몬스터들은 싹쓸이하던데.

다른 성좌들 6명이 제대로만 컸다면. 그랬다면 절대악을 상대할 수 있었을지도 모른다. 어쨌든 절대악과 7번 성좌는 로랑을 되살렸다.

-근데 왜 되살린 거지?
-무슨 이득이 있다고?

한주혁은 되살린 로랑을 데리고 성 밖으로 유유히 빠져나왔다. 블랙 헬 하운드 킹과 마계 양치기는 아예 건드리지도 않았다.
JTBN의 영상 송출은 거기서 끝이 났다. 이제는 대중에 공개되지 않는다. 한주혁이 말했다.
"우린 동맹이잖아요? 꽤 끈끈한 동맹."
"……예. 그렇습니다."
치욕스러운 순간을 경험한 로랑은 고개를 들지 못했다. 고개를 숙인 상태로 깨달았다.

맞다. 자신은 절대악과 동맹 관계를 구축하고 있다. 여태껏 그걸 제대로 느끼지 못하고 있었을 뿐. 뭔가를 해줘야만 하는, 을의 입장에서만 생각했었다. 그렇지만 사실은 동맹 관계가 맞았다.

한주혁이 로랑의 어깨를 톡톡 두드려 주었다.

"동맹 연합이 위기에 처했으면 도와주러 오는 게 맞죠."

"……"

"동맹이잖아요?"

"……감사합니다."

그 모습을 지켜보는 3충성이 침을 꿀꺽 삼켰다.

'지금…… 이 모습은……?'

자신이 보고 있는 게 맞다면 절대악이, '내 동맹 연합장이 두드려 맞았다. 그러니까 동명 연합원으로서 복수를 하는 게 맞다'라고 말하고 있는 것 아니겠는가.

'큰 형님 오셨다…… 그런 느낌인가?'

동생이 어디 가서 맞고 왔다. 그럼 형이 나서주는 게 맞는 거 아니겠는가.

한주혁이 말했다.

"그런데 저는 타국 플레이어잖아요. 제국 NPC들이 또 이런 거에는 예민하게 구니까. 제가 직접 영지전을 벌일 수는 없겠고."

한주혁은 에르페스 제국의 귀족이다. 그것도 왕급에 해당하는. 타 제국에 속한 영지를 공격하는 건 선전포고나 다름없다.

"그러니까 로랑님이 전면에 나서서 처단하면 되겠네요. 배신자를."

한주혁이 전면에 나서서 움직이면 안 된다. 하지만 라망투의 기존 연합장인 로랑이, 자신을 배신한 골렘을 처단하기 위해 움직이는 그림이면 된다. 그리고 절대악은 로랑의 든든한 동맹이 되어주면 되는 거고.

한주혁이 씨익 웃었다.

"그래서, 골렘이 어디로 튀었다고요?"

9장
로랑이 꺼내 든 것

"그래서, 골렘이 어디로 튀었다고요?"

로랑은 그 말을 듣는 순간 묘한 흥분에 휩싸였다.

'굴욕적인 것은 맞다.'

내부 단속을 제대로 못 해서 배신을 당했고 그 배신에 제대로 대처하지 못했다. 그래서 타국의 동맹 플레이어가 지원을 왔다. 굴욕적인 상황이라는 것은 부정할 수 없는 사실이다.

'그런데…….'

이상하게 기분이 나쁘지 않았다.

"이곳으로부터 서쪽 약 12㎞ 정도 떨어져 있는 푸텐 요새입니다."

"요새라는 이름이 붙어 있는 걸 보면 공략하기 쉽지 않은 곳이겠네요."

"영지전에서 단 한 번도 패배한 적이 없는 곳입니다."

로랑이라고 두 손 놓고 있었던 것은 아니다. 현실에서도 나름대로 대처를 하고, 자신에게 우호적인 플레이어들과 결속을 다지고, 정보를 모았다.

"골렌은 이미 오래전부터 반란을 기획해 왔던 것 같습니다. 그 일례로, 문서 작업이 순식간에 끝나고 푸텐 요새가 골렌의 소유로 넘어가게 될 것 같습니다."

"NPC들을 제대로 구워삶았나 보네요."

로랑은 점차 흥분하고 있는 자신을 발견했다.

'이 기분, 묘하게 나쁘지 않다.'

절대악에 비해서 많이 초라해서 그렇지, 그 역시 14억 인구의 중국 플레이어들 중 정상을 차지하고 있는 플레이어다. 절대악을 제외하면 나름 절대자의 반열에 올랐다. 그는 누군가를 의지하기보다, 누군가에게 있어서 의지의 대상이 되어주는 경우가 많다. 보통은 그렇다.

'생소하다.'

그래서 너무나 생소했다. 어린 시절 동네에서 괴롭힘을 당했을 때, 아는 형이 자신을 도와줬을 때의 그 희열. 그것과 비슷한 기분이 피어올랐다.

"제가 조심해야 할 게 있나요?"

"골렌은 독을 다룹니다. 굉장히 은밀하고 효과가 큰 독입니다."

……다만 절대악에게는 그다지 중요한 문제는 아니겠지요.

그 말은 삼켰다.

절대악이 무슨 독이나 디버프에 당했다는 말은 들어본 적도 없다. 어디 대단한 몬스터를 주먹으로 때려잡았다거나, 수십만을 학살했다거나, 새로운 대륙을 창조하고 왕이 되었다거나. 그런 말도 안 되는 얘기들만 많이 들어봤다.

"독을 쓰는 플레이어는 흔치 않은데."

"중국에는 독을 다루는 플레이어들이 꽤 많이 존재합니다. 약 15년 전에, 한바탕 붐이 일었었거든요."

15년 전 중국에는 '독왕'이라고 불리던 플레이어가 유명세를 떨쳤다고 한다. 갑자기 델리트된 건지, 모습을 감추기는 했다만 15년 전 중국 내 최강의 플레이어라고 불렸었단다.

"푸텐에 마법병기가 좀 있나요?"

"……."

로랑은 순간 말을 잊지 못했다.

'원칙적으로 NPC들은 플레이어에게 마법병기를 대여해 주지 않습니다.'

하지만 그렇다고 보기에 절대악은 이미 많은 수의 마법병기들을 보유하고 있다. 드라군, 이브이. 심지어는 가디언까지.

'요새에는 당연히 마법병기가 있을 거라고 생각하는 것 같은데.'

저 사고방식이 놀라웠다. 그냥 기본 베이스와 마인드가 자신과는 완전히 달랐다.

"……마법병기는 없습니다."

"뛰어난 마법사는요?"

"……."

여기서도 약간의 문제가 생겼다.

'뛰어난 마법사?'

절대악의 눈에 뛰어나려면 어느 정도 뛰어나야 한단 말인가.

'한국에서 유명세를 떨치던 4강 중 한 명도……. 절대악의 눈에는 어린아이나 다름없을 터.'

그 유명한 7번 성좌, 잿빛 마도사도 절대악에게는 어린 동생일 뿐 아닌가. 애초에 플레이어들 중, 절대악의 눈에 '뛰어난' 마법사가 있을지 모르겠다.

"……없습니다."

한주혁이 어깨를 으쓱했다.

"그러면 선전포고하세요. 회수해야죠. 푸텐 요새."

"영지전을 이미 신청해 놓았습니다."

"좋네요."

그래도 흑흑연합의 연합장답게, 눈치 빠르게 일들을 진행시킨 모양이었다.

한주혁이 물었다.

"독은 불에 약하죠?"

"상성상 그렇긴 합니다만……."

그래서 한주혁이 꼬꼬에게 귓말을 전송했다.

-꼬꼬.

불 속성 몬스터 꼬꼬가 저만치 멀리, 하늘에서 모습을 드러냈다. 꼬꼬는 블랙 헬 하운드 킹을 보면서 군침을 흘리기는 했으나, 한주혁 옆에 잠자코 자리를 잡았다.

"여기서 12㎞ 정도 떨어진 곳에 가면 푸텐 요새라는 곳이 있을 거야."

키엑!

꼬꼬는 확신했다.

이거, 중요한 일이다. 맛있는 걸 잔뜩 먹을 수 있겠다. 주인님 말을 잘 듣자.

"가서 물어."

처음에, 골렌은 기뻤다. 쿠데타가 제대로 성공했다. 푸텐 요새를 먹는 데 성공했다. 이곳을 기반으로 하여, 점차 세력을 넓혀가면 된다. 일단 가장 안전하다고 알려진 푸텐 요새를 제 것으로 만들었으니까.

푸텐 요새를 먹는 것까지는 좋았는데.

"이런 미친!"

있을 수 없는 일이 벌어졌다.

"뭔 놈의 부활이야!"

부활은 처음 본다. 죽은 시체를, 사령술도 아니고 시스템적으로 되살리다니.

"골렘님. 로랑 측에서 영지전을 걸어왔습니다."

로랑을 되살린 것만으로도 충격적인데, 일이 굉장히 빠르게 진행됐다. 영지전을 신청했단다. 그것도 로랑의 이름으로.

"영지전?"

평소라면 코웃음을 쳤을 거다. 푸텐 요새는 강력한 요새니까. 로랑이 아무리 기를 쓰고 덤벼도 괜찮은 곳이 바로 이곳이니까.

'절대악 앞에서 요새는 무의미해.'

절대악이 주도하는 게 아니라, 동맹인 로랑을 돕는다. 절대악이 자신을 공격하는 것과는 완전히 다른 얘기다.

'NPC들에게 도움도 얻을 수 없어.'

그가 황급히 말했다.

"마법병기 대여할 수 있나?"

"물리적 타격을 크게 입히는 마법병기를 대여할 수 있습니다."

"일단 그거라도 빨리 공수해와."

마법병기가 얼마만큼 도움이 될지는 모르겠다만. 가만히 손 놓고 당할 수는 없지 않은가.

'이런 씨발!'

3일의 시간을 벌었다고 생각했는데 절대악이 개입하면서 일이 완전히 틀어졌다.

'마계 양치기는, 블랙 헬 하운드 킹 이 새끼들은……'

이놈들도 도무지 도움이 안 되는 놈들이다. 절대악을 죽이지는 못해도, 타격이라도 입히면 좋았을 뻔했는데.

'오줌을 지려?'

그딴 것이 무슨 이름에 '킹'을 붙인단 말인가.

"NPC들은 도움을 줄 수 없다고 합니다. 플레이어들끼리의 일은 플레이어들끼리 알아서 하랍니다."

"……."

타국 플레이어도 아니고, 타국 귀족도 아니다. 말 그대로 모르골 제국에 속한 플레이어가 영지전을 걸었다. NPC들은 굳이 간섭하지 않았다.

'어떻게 하지? 방법을 찾아야 돼.'

절대악이 이렇게 적극적으로 나설 줄은 몰랐다. 로랑과 절대악의 관계가 이렇게 우호적이고 끈끈했단 말인가. 그가 보기에는 그저 로랑이 절대악에게 굽신거리고, 절대악은 중국에 갑질을 하는 것처럼 보였는데. 마냥 그런 것만은 아닌 것 같았다. 로랑이 주먹으로 한 대 맞았다면, 지금 자신은 폭탄으로 얻어맞게 생겼다.

'절대악의 약점은……'

열심히 생각해 봤는데.

'없다.'

약점이 생각나지 않았다.

'협상의 여지라도……'

협상을 하거나 거래를 하면 될 것 같은데. 그것도 어렵다. 로랑과의 우호 관계가 입증되지 않았는가.

'씨발!!'

거의 1년 가까이 준비해 왔다. 제대로 성공했고, 시간만 좀 더 있으면 흑흑연합을 제대로 장악할 수 있을 거라고 생각했는데.

'아무래도……'

방법이 전혀 보이지 않았다. 절대악의 마성격. 푸텐 요새라고 해도 그 마성격을 버텨낼 수 없을 테니까.

"어차피 이렇게 된 것."

이미지 메이킹이라도 제대로 하고 죽는 게 낫다. 영지전의 승패는 이미 정해져 있다. 로랑 측에 절대악이 있다면 이쪽의 무조건적인 패배다.

다만, 질 때 지더라도 명예롭게 져야 했다. 그래야 대중들의 비웃음도 면할 수 있을 터. 재기를 할 수 있는 최소한의 발판을 만들려면 최대한 멋있고 명예롭게 무너져야 하는 것 아니겠는가.

그러려고 했는데.

"성벽이 무너졌습니다."

원거리에서 사용된 마성격에 푸텐 요새가 무너졌다. 심지어 절대악의 모습은 보이지도 않았다.

"어차피 성벽이 오래 버텨줄 거라 생각하지 않았다."

푸텐 요새의 성벽 자체는 '엄청나다'라고 보기에는 어려웠으니까. 다만, 푸텐 요새 내의 플레이어들은 자체적인 버프를 많이 받는다. 최대한 화려하게, 최대한 있어 보이게. 그런 전투를 치러야 했다.

"전투 준비."

키에에에엑!

꼬꼬가 하늘을 날았다.

"절대악의 펫이 보입니다!"

꼬꼬가 보였다. 꼬꼬가 보인다는 건, 절대악이 근처에 있다는 얘기다.

"일단 놈을 목표로 한다! 놈의 지능은 그리 높지 않을 터. 탱커진이 어그로를 끈다!"

탱커들. 몬스터의 관심을 끌어내는 역할의 플레이어들이 꼬꼬에게 공격을 퍼부었지만, 하늘 높이 떠 있는 꼬꼬에게 그 공격들은 닿지 않았다.

하늘 높이 뜬 상태로 꼬꼬는 인간들을 쳐다봤다.

키엑!

너냐?

꼬꼬는 본능적으로, 이곳에서 가장 강력한(그나마 개중 맛있어 보이는) 플레이어를 찾아냈다.

키엑!

불꽃 새, 피닉스의 형태로 변화한 꼬꼬가 빠르게 날았다.

"포이즌!"

골렘이 '포이즌!'이라 외치며 스킬을 사용했지만, 그 스킬은 꼬꼬의 화염에 묻혀 아무런 영향도 끼치지 못했다.

콕! 콕! 콕! 콕!

꼬꼬의 부리가 골렘의 정수리를 찍었다.

"……"

플레이어들은 전투 의지를 상실했다.

"골렘 님이 죽었다!"

절대악이 나타난 것도 아니고, 그저 절대악의 펫에 의해 사망했다. 공격 한 번을 성공시키지 못하고, 방어 한 번을 제대로 하지 못하고 죽었다.

꼬꼬가 골렘의 시체를 콕콕 찍었다. 꼬꼬의 눈에는 탐욕이 가득했다.

콕! 콕! 콕! 콕!

꼬꼬가 골렘의 시체를 찍어낼 때마다, 골드가 조금씩 튀어나왔다.

키에에엑!

간만에 골드를 맛보게 된 꼬꼬는 흥분했다. 더욱 빠르게 골렘의 시체를 쪼아댔다.

그 굴욕적인 광경을 수많은 플레이어들이 목격했다.

"튀, 튀어!"

성벽이 일격에 무너진 상태에서, 플레이어들이 할 수 있는 것은 없었다. 철벽을 자랑하던 푸텐 요새는 절대악도 아닌, 절대악이 데리고 다니는 펫 한 마리에 무너졌다. 절대악이 '닭둘기'라고 무시하는 불꽃 새 한 마리에 의해서.

이 광경은 JTBN 채널을 통해 방송이 되었는데, 그걸 본 수많은 중국인들이 충격에 휩싸였다.

"아무리 그래도 푸텐인데……."

"절대악도 아니고 펫에게 능욕당했어…….?"

절대악이 제대로 싸운 것도 아니다. 소식통에 의하면 절대악이 꼬꼬에게 '가서 물어'라고 했단다. 가서 물었더니 푸텐 요새가 무너졌다. 차세대 1인자라고 불릴 정도였던 골렌이 그 펫에 의해 사망했고, 시체가 유린당했다.

"진짜 아무것도 못 했네."

"난 아직도 꿈을 꾸는 건가 싶다."

절대악이 강하다는 건 다들 알고 있다. 세계 최강의 플레이어라는 것도 이미 인정하고 있다. 그렇지만 아무리 그래도 이 정도일 줄은 몰랐다. 차세대 1인자라는 골렌이 저렇게 허무하게 무너질 줄은 몰랐다.

"저건 또 뭐냐?"

화면에 꼬꼬의 모습이 포착되었다. '키엑! 키엑!'을 외치며 골렌의 시체를 쪼던 꼬꼬는 이내 마음에 들지 않는다는 듯 골렌의 시체를 발로 퍽 찼다.

'가진 게 이거밖에 없냐?'라고 욕하는 것만 같은 그 태도에, 중국인들은 또다시 충격에 휩싸일 수밖에 없었다.

"로랑이 결국…… 옳았던 거 아닐까?"

저 정도면 자존심이고 뭐고 없는 게 맞는 거 아닐까. 펫 한 마리에 중국 최강의 요새가 그냥 무너져 내렸는데.

"이쯤 되면 자존심이 안 중요한 거 같은데……."

"오히려 로랑이 얻어맞으니까 달려와 줬잖아. 저 정도면 든든한 동맹인 것 같은데."

따지고 보면 절대악이 중국에 갑질을 한 적은 없다. 무엇인가를 과도하게 요구한 적도 없고. 과도하게 요구하기에, 절대악은 이미 너무 부자다.

"나는 아무리 생각해도 로랑의 스탠스가 옳은 것 같다."

"나도……."

"나도."

골렌이 너무나 처참하게 패배하면서, 상황이 또 많이 변했다. 자존심을 부릴 때가 있고, 부리지 않아야 할 때가 있는데, 지금은 부리면 안 될 때라는 것을 많이들 깨달았다.

어쨌든 영지전은 로랑의 승리로 돌아갔다.

"전 아무것도 안 했는데……. 전쟁은 이미 끝나 있네요."

"우린 동맹이니까요."

"그래도 이렇게 도와주실 줄은 몰랐습니다. 블랙 헬 하운드 킹과 마계 양치기에만 관심이 있으실 줄 알았거든요."

로랑은 이번에 더욱 확신했다. 단순히 절대악과 친하게 지내야 하는 것이 아니라, 굽실거려서라도 친하게 지내야 한다. 동등한 사업 파트너가 아니라, 갑과 을의 관계라도 받아들여야 한다.

'선택이 옳았다는 여론이 끓어오르고 있다.'

절대악도 아니고 펫이 푸텐 요새를 무너뜨렸다는 것이 중국 사회에 정말 큰 충격으로 다가온 모양이었다.

'절대악은 절대자가 맞아.'

그것도.

'상식을 아는 절대자.'

그래서 말하기로 했다. 여태껏 감추고 감춰왔던 것. 절대악에게 공개해야 하나를 몇 번이나 고심해 왔던 그것을 인벤토리에서 꺼내 들었다.

"잠시 시간 괜찮으십니까? 중요한 얘기를 하려고 합니다."

한주혁. 더 정확히 말하자면 한주혁의 펫인 꼬꼬가 푸텐 요새로 도망친 골렘을 무너뜨린 사건. 그 사건은 '큰 형님 오셨다' 사건이라 명명되었다.

'큰 형님 오셨다' 사건은 한국 내에서도 큰 반향을 불러일으켰다. '절대악 중독'이라는 말도 공공연하게 퍼졌다. 절대악은 동맹 관계를 철저히 지켜준다는 것을 이번 사건을 통해 증명해 냈다.

미국 백악관 역시 이번 사건을 가볍게 생각하지 않았다.

대통령이 말했다.

"절대악은…… 동맹의 위기를 내버려 두지 않았군."

어벤져스 연합장. 캡틴이 고개를 끄덕였다.

"이번에 전 세계를 상대로 엄포를 놓은 것과 다름없습니다. 일종의 경고였겠죠."

"굳이 펫을 움직여서 능력의 격차를 실감하게 해준 것도 절대악의 노림수였던 것 같군."

내 동맹 건드리면 이렇게 된다. 이것을 정확하게 보여줬다. 꼬꼬를 움직여서 현격한 클래스의 차이도 보여줬다.

"이번 사건을 통해 부활 능력도 전 세계에 알렸고."

"절대악과 동맹 관계에 있는 이들에게도 알려준 것이겠지요. 죽어도 되살려 줄 테니. 걱정 말라고."

푸텐 요새에 숨어도 소용없다는 것도 알려줬다.

캡틴이 말했다.

"그야말로 든든한 우군을 얻은 것과 다름없습니다."

강하기만 한 우군은 의미가 없다. 아무리 강해도, 정작 필요할 때 도와주지 않으면 소용없는 법이다. 그러나 절대악은 아니다. 적어도 동맹 관계에 있는 이들이 곤경에 처하면 몸소 움직인다는 것을 몸으로 보여줬다.

러시아의 대연합인 검객 연합. 유럽을 대표하는 마법 연합. 그들 역시 이번 사건을 토대로 대단히 큰 반사 이익을 얻었다.

검객 연합의 연합장, 호크에게도 보고가 올라왔다.

"영지전이 취소되었습니다."

"취소? 왜?"

세상에 영원한 1인자는 없다. 러시아의 검객 연합은 러시아 내 최강의 연합이라 불리지만, 그에 거의 준하는 능력을 지닌 연합들도 몇몇 존재한다. 그래서 종종 전쟁도 벌어지고, 그 결과에 따라 세력이 커지기도, 작아지기도 한다.

"정확한 파악은 어렵습니다. 갑자기 항복했습니다."

호크가 잠시 눈을 감았다.

'아마…… 절대악 때문이겠지.'

지금은 전쟁을 하기 안 좋은 시기다. 절대악이 방금 경고했다. '내 동맹 건드리면 이렇게 된다'라는 것을 증명해 준 상태다. 이런 상태에서 절대악과 동맹 관계에 있는 호크 연합을 건드려서 좋을 게 없다고 판단한 모양이었다.

"절대악은…… 정당한 절차에 따른 영지전이나 전쟁에는 간섭하지 않을 텐데?"

"물론 그렇긴 합니다만……."

호크는 헛웃음을 짓고 말았다.

'혼자서 지레 겁먹은 모양이군.'

평소라면 괜찮았겠지만, 오늘은 조금 달랐다. 절대악이 힘을 보여준 그 상황에 굳이 절대악의 동맹을 자극할 필요는 없다고 판단(사실은 겁먹은)한 것 같았다.

한편, LZ연합의 유일한 상속녀라고까지 불리는 위프 마스터 이주랑은 잔뜩 굳은 얼굴로 의자에 앉았다.

'우리 연합의 가치가 또 올라갔어.'

LZ연합의 주가가 폭등했다.

'또 절대악 이펙트?'

의자에 앉은 손녀를 쳐다보며, LZ연합장 구본부가 말했다.

"기분이 좋아 보이는구나."

제삼자가 본다면 '도대체 어딜 봐서 기분이 좋아 보이는 겁니까?'라고 물을 정도로, 이주랑의 표정은 굳어 있었으나 구본부가 보기에는 아닌 듯했다.

이주랑이 고개를 딱 한 번 끄덕이고 작게 말했다.

"또 절대악 이펙트의 수혜를 입었네요."

"철저한 동맹 관계를 증명해 줬으니까. 동맹의 위엄…… 이라고들 표현하더구나."

"……그런가요?"

이주랑이 보기에 철저한 동맹 관계를 증명해 준 건 아닌 것 같다. 절대악에게 그런 의도가 있었다는 생각이 들지 않는다. 그냥 블랙 헬 하운드 킹과 마계 양치기가 나타났고, 그걸 잡으려는데 그냥 잡기에는 명분이 안 서서 로랑을 되살렸다. 그러고서 반 절대악은 아니지만 비교적 반 절대악에 가까운 골렌을 무너뜨렸다.

'말 잘 듣는 로랑을…… 다시 세워준 것 같은 느낌이다.'

절대악 입장에서도 골렌보다는 로랑이 훨씬 낫지 않겠는가.

그래서 그냥 살려준 것 같기는 했다. 이 사건이 '큰형님 오신 사건'이라고 불리면서, 전 세계에 파장을 일으키고 있기는 했지만 말이다.

이주랑은 잠자코 생각에 잠겼다.

'절대악이 한 번 움직이자…… 시가 총액이 10조가 올랐어.'

LZ연합은 아무것도 안 했다. 그냥 가만히 있었는데 기업 가치가 10조 이상 뛰었다.

'이것은 마치……'

로랑은 그냥 가만히 있었는데, 전쟁이 이겨 있는 것과 같지 않은가. 상황은 유럽을 대표하는 마법 연합도 비슷했다. 다들 가만히 있었는데 몸값이 천정부지로 치솟았다. 한국 청와대도 비슷한 수혜를 입었다.

"대통령 각하. 지지율이 90퍼센트에 육박합니다."

"축하드립니다!"

'큰 형님 오셨다'는 곧 한주혁에게, '적어도 내 사람은 끔찍이 챙긴다'라는 이미지를 만들어줬다. 덕분에 조해성 대통령의 지지율이 90퍼센트에 육박하는 기염을 토했다.

한주혁은 그러한 모든 일에는 크게 신경 쓰지 않았다. 그보다 더 신경 써야 할 것이 생겨 버렸으니까.

로랑은 여태껏 간직해 왔던 아이템을 하나 꺼내 들었다. 한주혁이 물었다.
"이게 뭐죠?"
"옥새입니다. 한 번 살펴보시겠습니까?"
한주혁이 아이템을 받아 들었다.

<정체 모를 옥새>
?

한주혁에게는 아이템의 내용이 표시되지 않았다.
"뭔가 보이십니까?"
"물음표로 표시되는데요."
"그렇군요."
로랑이 설명을 이어갔다.
"제가 특별한 퀘스트를 통해 얻은 옥새입니다. 저는 이 아이템의 설명을 활성화시킬 수 있습니다."
남들 눈에는 보이지 않는다. 오로지 로랑의 눈에만 보인다. 로랑은 지금 절대악을 통해 그걸 확실하게 확인했다.
'절대악이 파악 불가능하다면…… 나를 제외한 그 어떤 플레이어도 불가능하겠지.'
절대악이 안 되면 그 누구도 안 된다. 로랑은 그렇게 확신했다.
"이 옥새는 모르골 제국의 황실이 쓰는 옥새입니다."

"황실 옥새라고요?"

한주혁이 고개를 갸웃했다. 황실 옥새 정도 되면, 보물에 속하는 굉장히 희귀한 아이템인데. 그걸 퀘스트를 통해 얻을 수 있다고? 말도 안 된다. 모르골 제국이 미치지 않고서야 황제의 뜻을 대표하는 황실의 도장을 주겠는가.

"물론 모조품입니다."

"그렇겠죠."

"모조품이기는 한데…… 진품과 거의 비슷할 정도의 퀄리티를 자랑한다고 합니다. 고대의 장인인 쿠텐이라는 자가 만들었다고 합니다."

"잠깐만요, 쿠텐이라고 했나요?"

한주혁의 기억 속에도 있는 이름이다.

'쿠텐.'

한주혁은 '루덴의 천갑옷'의 설명을 활성화시켰다. 상세설명 내에 분명히 이런 내용이 있었다.

<상세설명>

고대의 갑옷 장인이었던 쿠텐마저도 루덴의 천 갑옷을 보고 졸도를 했다는 일화는 매우 유명한 일화입니다.

'고대의 갑옷 장인.'

루덴의 천 갑옷에는 '갑옷 장인'이라고 표현되어 있지만 사실 갑옷만을 취급했던 것은 아닌 것 같다.

"예. 고대의 장인이라고 표현되어 있습니다. 수많은 무구와 예술품이 그의 손을 통해 탄생했다고 상세설명에 기록되어 있습니다. 또한 자존심이 굉장히 강했다고도 표현되어 있습니다."

"그렇단 말이죠."

한주혁은 여기서 이상함을 느꼈다.

'고대의 갑옷 장인.'

이 설명은 세계 12대 초인 아이템 중 하나인 '루덴의 천갑옷'에서 확인했다. 당연한 말이지만 센티니아와 루니아를 아우르는, 에르페스 제국 내에서 진행되고 있는 퀘스트다.

'분명히 내 시나리오 퀘스트는 에르페스에서 진행되는 건데.'

그런데 에르페스의 퀘스트와 모르골 퀘스트. 그 둘 사이에 왜 같은 설정의 고대 NPC가 등장한단 말인가.

"쿠텐에 의해 복사된 이 모조품은 황실의 전문가들도 구별하기 힘들 정도로 정교하게 복사되었다고 합니다."

"그렇군요."

한주혁이 로랑의 말에 귀를 기울였다. 로랑이 또 하나의 아이템을 꺼냈다. 정확히 말하자면 사진이었다.

"이 사진 역시 저희 대륙 쪽 퀘스트를 통해 입수했습니다."

"이건…… 실물 옥새가 아니라 그냥 사진이네요."

한주혁이 사진을 살펴봤다. 로랑이 말을 이었다.

"이 역시 쿠텐이 만들었으리라 짐작됩니다. 왜냐하면 모르골 제국의 옥새는 쿠텐이 두 번째로 모조한 작품이라고 하니까요."

"첫 번째가 이 사진인가 보네요."

"이 사진의 상세설명에 따르면. 이 옥새는 에르페스 제국의 것이라 합니다."

한주혁의 몸이 멈칫했다. 그의 눈이 사진과 옥새를 번갈아 가며 확인했다.

'뭐냐?'

이거.

'왜 이렇게 똑같냐?'

쿠텐이 모조했다고 하는 이 두 개의 옥새는 생김새가 완전히 똑같았다. 한주혁의 뛰어난 시력과 지능을 바탕으로, 심지어는 심안까지 활성화시켜서 살펴봤는데.

"완전히 같은 형태네요."

"그렇습니다."

에르페스 제국의 옥새와 모르골 제국의 옥새가 완전히 똑같다. 비록 하나는 사진에 불과하지만, 사진상으로는 완전히 같다는 걸 확인할 수 있었다.

"아주 조심스러운 가설입니다만……."

"에르페스 제국과 모르골 제국이 사실은 나누어진 제국이 아니라, 하나의 거대 제국일 확률이 있겠죠."

플레이어들은 황제에 대해 모른다. 황제가 있다는 것만 안다. 애초에 고위 NPC들과 플레이어들의 접점 자체가 없었다. 절대악의 등장 이전에는, 백작 이상급의 NPC들과 플레이어들은 만날 일조차 거의 없었으니까.

한주혁이 말했다.

"황제가 동일 인물일 수도 있다?"

혹은, 어쩌면.

"각기 다른 황제가 있는데. 그 황제를 다스리는 황제 위의 또 다른 황제가 있을 수 있다…… 라고까지 확장시킬 수 있겠네요."

"아주 조심스럽기는 합니다만, 저희도 그렇게 생각하고 있습니다."

한주혁이 일련의 상황들을 떠올렸다.

'에르페스에서는 대공이 플레이어들을 가지고 생체 실험을 했었고, 일부 플레이어들과 함께 신귀족 프로젝트를 펼쳤다.'

그를 통해 플레이어들을 노예화하려고 했었다.

'모르골 제국 역시 반 플레이어 성향이 짙은 정책들을 펼치고 있어. 마찬가지로 대공에 의하여.'

그렇다면 중국의 대공과 한국의 대공은 동일 인물인가? 아직 알 수 없었다.

로랑이 말했다.

"한국에서 플레이어가 NPC화되는 현상이 발생했다고 들었습니다."

"6번 성좌가 그랬죠."

"그렇다면 반대로 NPC가 플레이어화되는 현상도 발생할 수 있지 않겠습니까?"

에르페스 내에서 플레이어들을 상대로 생체 실험까지 진행하지 않았던가.

"저는 모르골 제국과 에르페스 제국이 하나라는 가정하에. 혹은 그를 다스리는 또 다른 누군가가 있다는 가정하에. 또 다른 가설을 하나 생각해 봤습니다."

"어떤 가설이죠?"

로랑이 잠시 숨을 골랐다.

"한국에는 태르민이라는…… 신비에 가까운 능력을 가진 사람이 존재하고 있습니다. 현실에서 올림푸스의 능력을 꺼내 쓴다고 들었습니다."

현재 태르민은 전 세계가 뒤쫓고 있다. 이미 전 세계의 공적이 된 상태. 그럼에도 불구하고 흔적조차 찾을 수 없다.

"모르골과 에르페스가 사실은 한 몸통이고. 그 둘이 각자 다른 영역에서 각자 다른 연구를 진행하여……. 결국은 현실을 침범하려는 것이 아닌가. 그리고 태르민은 그것에 성공한 유일한 케이스가 아닌가…… 라는 가정을 해보았습니다."

"굳이 제국을 나누어…… 다른 대륙에서 따로 진행하면서 말이죠."

한주혁이 눈을 감았다. 머릿속으로 상황들을 정리해 봤다.

'현실에서 태르민의 흔적조차 잡을 수 없는 것은.'

사실은 태르민이 NPC이기 때문인가.

'에르간의 경우가 없었다면 말도 안 되는 가설이야.'

어떻게 플레이어가 NPC가 되고, NPC가 플레이어가 되어 현실을 드나든단 말인가.

'하지만.'

아예 '말도 안 된다'고 치부하기에는 석연찮은 구석들이 너무 많다. 그리고 고대의 장인이라는 쿠텐이라는 자는, 어째서 옥새를 굳이 모조했을까.

모조를 하기 위해서 목숨을 걸었을 거다. 황제의 권위를 상징하는 옥새를 모조한다는 건 거의 반역에 가까운 일이니까.

'그것도 무려 두 개나.'

이상한 건 또 있다.

"상세설명에…… 쿠텐의 자존심에 대해 거론되어 있죠?"

"그렇습니다."

아이템 설명에 굳이.

"굳이 만든 사람의 성격까지 표현되는 경우는 흔치 않죠."

자존심이 강한 고대의 장인, 쿠텐.

'자존심이 강한데…… 복사품을 만들어?'

장인이라고까지 불리는 그가 왜 굳이 자존심을 접어가면서 모조품을 만든단 말인가. 설정상 고대에 어떤 일이 있었던 것 같다. 무슨 일이 있었던 건지는 모르겠지만.

'복합적으로 연결이 되어 있는 느낌이 드는데.'

모르골 제국과 에르페스 제국이 연결되어 있다. 그렇게 생각하고 움직이기로 했다. 그런데 로랑이 계속해서 말을 이었다.

"단순히…… 옥새를 모조했을 뿐인데. 이 옥새에는 특별한 힘이 담겨 있습니다."

"어떤 거죠?"

로랑이 주변을 둘러봤다. 이곳은 로랑이 마련한 밀실. 주변에는 아무도 없었다.

"스페셜 히든 던전. '황금으로 가는 문'을 활성화시킬 수 있습니다."

로랑이 계속해서 말을 이었다.

10장
중국은 부자다

'황금으로 가는 문?'

한주혁이 로랑의 설명에 귀를 기울였다. 이름부터가 뭔가 있어 보이지 않는가.

로랑이 말을 이었다.

"특별한 자격을 갖춘 자만이 이 옥새를 활용하여 황금으로 가는 문을 열 수 있다고 합니다."

"어떤 자격인데요?"

"그것이……."

스페셜 히든 던전. 황금으로 가는 문으로 가는 옥새를 손에 넣은 것까지는 좋다. 어떤 특별한 자격이 필요하다는 것을 안 것도 좋다.

"어떤 자격을 증명해야 하는지는 모르겠습니다."

"그래요?"

한주혁이 알겠다는 듯, 가볍게 고개를 한 번 끄덕였다.

'그러면, 뭐.'

의미 없는 것 아니겠는가. 지금 당장 그 자격이 무엇인지 알 수도 없고.

"그래서 혹시 생각했습니다. 옥새를 다룰 수 있는 것은 최소 왕급 이상이고, 더더군다나 황제의 옥새를 모조한 것이라면…… 어쩌면 대군주쯤 되는 직함을 가지고 있어야 하는 게 아닐까 하고요."

"……."

한주혁이 옥새를 쳐다봤다.

'대군주.'

한주혁이 여태껏 클리어해 왔던 던전들, 혹은 시나리오 퀘스트에 있어서 '대군주'라는 키워드는 늘 끊임없이 등장해 왔다. 혹시 이번에도 그런 건 아닐까 생각해 봤지만.

"그런 것치고 딱히 반응하지는 않네요."

한주혁은 그렇게 대답했다.

"……그렇습니까?"

"보통 조건을 만족한 경우에는 만족 알림이 들리니까요."

아무것도 들리지 않았다.

"이 특별한 조건에 대해서 좀 더 알아볼 필요가 있습니다. 지금 어쩌면 인류는 인류가 생각하지 못했던 커다란 함정에 빠져들고 있는지도 모릅니다."

"우리가 생각한 가정에 따르자면 그럴 수도 있겠죠."

플레이어가 NPC화된다. 또한 NPC가 플레이어가 된다. 사실 플레이어가 NPC화되는 것은 큰 문제가 아니다. 올림푸스 속 주민들처럼 마나를 느끼고 고통을 느끼고, 좀 더 현실적인 올림푸스 주민이 되는 것뿐이다.

'근데…… NPC가 플레이어가 되는 건 문제가 달라.'

아까 생각했던 대로, 그럴 가능성은 아주 희박하긴 하지만 태르민이 정말로 NPC였다면.

'NPC들이 현실 세계로 넘어오게 된다면.'

그리고 올림푸스에서 그랬던 것처럼, 현실에서 NPC들이 플레이어들을 노예화하려고 한다면?

'말하자면 우주를 통하지 않은 외계인의 침공…… 정도로 생각할 수 있나?'

더 정확히 말하자면, 타 차원 인간들의 침공. 한주혁은 잠시 생각에 잠겼다.

"연관성에 대해서 생각하지 않고 있었지만……."

몇 달 전 한국에는 끔찍한 사건이 있었다. 이른바 몬스터 게이트 사건.

신성의 주도 아래 올림푸스의 몬스터들이 현실 속에서 모습을 드러냈었던 사건. 전 세계를 떠들썩하게 만들었고, 아직 못 다 핀 많은 꽃들이 바스러져 버렸던 그 비극적인 사건.

"신성이 혼자서 몬스터 게이트 사건을 일으켰을 리는 없겠죠."

이제 와서 생각해 보니, 신성에 그런 기술력이 있을 수 없다. 분명 NPC들의 도움이 있었을 거다.

"그리고 그것이……."

한주혁이 입술을 살짝 깨물었다가 말을 이었다.

"일종의 실험이었다고 가정할 수 있겠네요."

인간들도 새로운 약이 발명되거나 할 때 동물에게 먼저 실험해 본다. 올림푸스의 NPC들도 마찬가지일 수도 있다. NPC들이 먼저가 아니라, 몬스터들로 먼저 실험해 봤을지도 모를 일이다. 대연합 신성의 그늘 밑에 숨어서 말이다.

"또한."

여태까지는 생각하지 않고 있었는데.

"올림푸스의 문물을 현실로 가져올 수 있는 이 시스템."

이 시스템을 누가 언제 어떻게 만들었는지에 대한 기록이 전혀 없다. '잃어버린 문명' 때 이게 만들어졌고, 인류는 지난 200년간 별다른 의심 없이 올림푸스 문물을 바탕으로 문명을 발전시켜 왔다.

"생명이 없는 물건들을 먼저 현실 속으로 전송하고. 그 이후, 생명이 있는 몬스터들을 현실 속으로 전송하고."

그다음은 어쩌면.

"아주 적은 숫자의 NPC들을 현실로 전송하고."

그게 정말로 성공했다면 그 NPC가 바로 태르민일 것이고.

"결국에는 많은 숫자의 NPC들이 현실로 넘어올 수도 있겠죠."

"……."

로랑은 한주혁의 말에 토를 달지 않았다. 여태까지 아무렇지도 않게 이용해 왔고 사용해 왔던 올림푸스 문물이, 사실은 NPC들이 아주 오래전부터 준비해 왔던 현실 진출의 교두보일 수도 있다는 생각을 잠깐 했다.

한주혁이 어깨를 으쓱하고서 말했다.

"물론 그저 가정일 뿐이긴 합니다. 단순 가정일 뿐이니 너무 많은 염려를 하기에는 아직 이르겠죠."

거기까지 말한 한주혁은 새삼스레 자신의 존재 의의에 대하여 생각해 봤다.

'특수지역 라이나에서부터 시작해서.'

상식적으로 말도 안 되는, 사기적인 스탯업과 레벨업을 바탕으로 여기까지 성장해 왔다. 누군가가 말하는 '밸런스 붕괴'를 일으키면서 말이다.

'그런데 그 사기적인 캐릭터가 하필이면 대군주가 되었고.'

하필이면 그 대군주가 기득권이라 할 수 있는 제국과 대치를 해야만 하는 플레이어이고.

'결국 제국을 무너뜨려야 하는 시나리오를 가진 클래스.'

그 클래스가 또 에르페스와 깊은 우호 관계를 가진 '성 속성' 혹은 '신전'과 반대되는 속성을 가졌으며.

'마계와도 깊은 연관이 있는데…….'

또 하필이면.

'그런 내가, 제국과 척을 져야만 하는 내가. 하필이면 이 타이밍에 올림푸스에서 현실로 모든 물건을 전송할 수 있는 전송소까지 설립했지.'

이건 단순히 '기득권 대 신흥 강자'의 구도가 아닐 수도 있겠다는 생각이 들었다. 'NPC 대 플레이어'의 전쟁으로까지 번질 수도 있지 않겠는가.

'반대로 NPC들이 이곳으로 넘어와서 시스템의 적용을 받게 될 수만 있다면.'

안 그래도 강력한 NPC들이 시스템의 도움으로 더더욱 강해질 수도 있다. 뿐만 아니라 플레이어들의 특권이라 할 수 있는 '부활' 권능까지 가지게 된다면 현실 속 사람들이 NPC에게 어떻게 대적하겠는가.

'그야말로 노예행이겠지.'

너무 큰 비약이라고도 할 수 있겠지만, 상황들이 너무 딱딱 맞아떨어지고 있다. 마치 퍼즐처럼.

로랑이 말했다.

"깊은 생각을 하고 계신 것 같군요."

"아닙니다."

한주혁이 다시 한번 옥새를 살펴봤다.

'복사한 옥새.'

그것이 '황금으로 가는 문'을 열려면 특별한 조건이 필요하단다.

'이것을 여는데 필요한 조건은……'

로랑에게 솔직하게 말하지는 않았지만 한주혁은 이미 알고 있다. 옥새를 처음 봤을 때부터. 한주혁의 인벤토리에서 어떠한 반응이 있었으니까.

'나는 알아.'

옥새를 살펴본 한주혁이 말했다.

"그럼 이렇게 합시다."

중국 내 전송소가 설립되어 있는 곳. 흑흑연합의 본거지 중 본거지라 할 수 있는 라망투는 현재 플레이어들이 접근할 수 없는 땅이다. 골렌이 이끌던 레이드 팀이 처참하게 학살당하면서, 라망투에 있는 몬스터들이(마계 양치기, 블랙 헬 하운드 킹, 헬 하운드) 플레이어들의 힘으로는 어쩔 수 없는 재앙급 몬스터들이라는 것이 확인되었으니까.

로랑도 일단은 라망투에 접근하지 않고서 JTBN을 통해 영지를 살펴보기만 했다.

"로랑님. 마계 양치기가 이동을 준비하고 있습니다."

"이동?"

자세히 보니, 단순한 이동이라기보다는 보금자리를 버리고 안전한 곳을 찾아 도망치는 것 같은 모양새였다.

JTBN 손석기가 운용하고 있는 드론은 제법 상세하게 헬 하운드들의 모습을 잡아냈다.

컹! 컹! 컹!

헬 하운드들이 연신 짖어대면서 마계 양들을 성문 쪽으로 몰기 시작했다.

마계 양치기는 채찍을 휘두르면서 블랙 헬 하운드 킹에게 지시를 내렸고, 그 지시를 들은 블랙 헬 하운드 킹이 헬 하운드들을 움직이는 것처럼 보였다.

로랑은 확실히 깨달을 수 있었다.

'강력한 포식자를 만난 마계 양치기는…… 좀 더 안전한 곳으로 양들을 움직이려 하는 것이다.'

마계 양치기는 양을 지키는 몬스터. 그런데 지킬 수 없을 만큼 강력한 포식자가 주변에 있다는 것을 알아차렸다. 남은 선택지는 끝까지 남아 결사 항전을 하느냐, 아니면 포식자가 없는 곳으로 도망치느냐, 두 가지뿐.

"마계 양치기는 도망치는 것을 택했군."

골렌이 이끌던 중국 최강의 레이드 팀을 학살한 마계 양치기 무리지만, 절대악이라는 강자 앞에서는 어쩔 수 없던 모양이다.

"문제는……."

도망치고 있는 게 맞기는 맞는데.

"저 도망자들도 하나의 핵 폭풍이라는 게 문제지."

그렇다. 저들이 약해서 도망치는 게 아니다. 아니, 약한 건 맞다. 절대악과 비교해서는 약하다. 하지만 일반 플레이어들과 비교하면 또 한없이 강자다. 원래 강함과 약함은 상대적인 것 아니겠는가.

"그렇습니다. 비록 절대악 앞에서는 오줌을 지리는 몬스터에 불과하지만……."

"중국의 힘으로는 막을 수 없다."

로랑은 객관적으로 상황을 짚었다. 저 몬스터들이 움직이는 모든 곳이 초토화될 거다. 어쩌면 문 타이거 때보다 더 큰 피해가 발생할 수도 있다.

그래서 공식적으로 요청했다. 절대악에게 제발 좀 도와달라고. 이번에는 중국 여론도 잠잠했다. 물론 자존심이 상했다 생각하는 중국인들이 많기는 많았지만, 그래도 토를 달지는 않았다. 아니, 토를 달 수 없었다.

오히려 다른 시각도 많이 생겨났다.

-흑흑연합의 발 빠른 대처.
-흑흑연합. 공식 SOS 요청.

흑흑연합의 로랑이 현실에 맞게, 제대로 잘 처신하고 있다는 시각이었다. 자존심을 일부 버려가면서라도, 절대악과 절대적인 친분 관계를 유지하고 있다는 것. 이것은 다소 비굴해 보일 수는 있어도 그게 전체적인 이익을 생각했을 때에는 훨씬 낫다는 시각이었다.

중국 내의 여론도 이렇게 움직였다.

-자존심을 조금 버려도…… 중국 전체를 생각할 수 있는 위인인 거지.
-그래도 중국 최고의 플레이어인데. 자존심이 왜 안 상하겠음?
-자존심만 세우던 골렘이 몰락한 걸 보면…… 로랑의 선택이 옳은 거임.

중국의 공식 요청을 받은 한주혁이 움직였다. 애초에 이럴 것을 예상하고 에르페스로 넘어가지도 않았다.

한세아가 물었다.

"보상. 이런 건 전부 오빠 꺼 맞지? 한 푼도 못 줘. 중국 애들 싸가지 없단 말이야."

한주혁이 피식 웃었다.

"보상은 당연히 전부 우리 거지."

몬스터들을 잡아서 나오는 보상은 당연히 내 거.

"그리고 잡기 어려운 몬스터 잡아주니까. 그에 대한 보상도 받을 거고."

"보상? 중국한테 뜯어내려고? 얼마나? 많이?"

"응. 많이."

"얼마만큼 많이? 중국이 괜찮대? 괜찮을까?"

"응. 중국, 부자잖아."

일반적인 사람들에게는 특혜를 많이 베푼다. 절대악 타운이 그렇고, 아서 재단이 그렇다. 과거 신귀족이라 주장하던 한국의 기득권과는 다르게, 한주혁은 대다수의 서민들에게서 무언가를 갈취할 생각은 없다.

"뜯어내려면 중국쯤 되는 부자한테 뜯어내야지."

"얼마나 뜯어내려고?"

한주혁이 씨익 웃었다.

"대충 하루 일급 정도?"

한세아가 고개를 갸웃했다.

"근데 오빠 하루 일급이면 어느 정도 돼? 뭘 얼마나 받기로 했어? 나 짱짱 궁금해."

몇 시간 전.

로랑이 마련한 밀실에서 로랑과 대화를 나누던 그때. '전송'이라는 것이, 어쩌면 NPC들이 아주 오래전부터 준비해 왔던 일종의 흑막 같은 거라는 가정과 관련한 대화를 나누던 그때, 한주혁이 오른손으로 옥새를 들고 있는 상태로 말했다.

"이걸 굳이 저한테 보여주시는 이유는……."

그 이유를 묻지 않았다. 대신 결론을 내렸다.

"저에게 이것을 양도하기 위함이죠?"

뻔뻔하게 물었다. 왜 이걸 보여줬겠는가. 나 주려고 보여준 거 아니겠는가.

"……."

로랑은 순간 할 말을 잃었다. 저렇게 뻔뻔하게 '양도하기 위함이죠?'라고 물어볼 줄은 몰랐다. 로랑이 이 이야기를 공유한 것은, 어쩌면 세계의 위기가 닥칠 수도 있다고 생각했고 또 그것을 타파하기 위해서는 절대악의 힘이 필요하다고 생각했기 때문이다. 적어도 이 옥새를 그냥 넘겨주기 위함은 아니었다.

"뭐랄까. 엄청난 사명감 같은 게 느껴지네요. 특별한 힘을 가진 옥새라니."

"저……."

로랑은 묻고 싶었다. 아니, 근데 이걸 그냥 달라는 건 아니겠죠? 그래도 당신은 상식이 있는 절대갑 아닌가요.

"제가 이 옥새와 관련된 특별한 조건을 알게 되는 즉시 연락드리도록 할게요."

물론 지금도 알고 있지만. 그 말은 삼켰다.

영원히 비밀로 할 생각은 없다만, 일단 한주혁은 로랑을 100퍼센트 신뢰하지는 않는다.

요즘 한주혁은 중국을 별로 좋게 생각하지 않는다. 로랑을 싫어하지는 않지만, 기본적으로 로랑 역시 중국과 흑흑연합의 이익을 가장 우선으로 추구하는 플레이어다.

로랑은 생각에 잠겼다.

'이걸 내가 오랫동안 가지고 있었어도……'

그래도 실마리 하나 잡지 못했다.

'정말로 세계의 위기가 닥쳐올 수도 있다.'

비록 가정에 불과하지만, 그냥 그럴듯한 음모론처럼 들리지만, 그래도 로랑은 조심해서 나쁠 게 없다고 생각했다.

'사실…… 일정 대가를 받고 절대악에게 양도하려고 했는데.'

어차피 줄 생각이기는 했다. 다만 그에 합당한 보상을 얻어내려고 했다. 이를테면 블랙 스톤 같은 보물 말이다.

이 옥새 아이템은 절대악의 메인 시나리오와도 관련이 있지 않을까, 그렇게 생각하던 중이었다. 정말로 메인 시나리오와 관련이 있다면, 절대악이 블랙 스톤 하나쯤을 아끼지는 않을 거라고도 생각했고.

그런데 절대악의 입에서 더욱 황당한 말이 튀어나왔다.

"의뢰비는 얼마나 책정하실 건가요?"

"……의뢰비…… 말입니까?"

"예. 이 지금부터 이 옥새와 관련된 단서를, 모든 힘을 총동원하여 찾아볼 생각이거든요."

"……"

로랑은 뭔가 이상함을 느꼈다. 뭐랄까, 절대악의 페이스에 말려들어 가고 있다. 옥새를 넘겼는데, 그게 의뢰의 형식이 되어버렸다. 절대악의 말 한마디 때문에.

'이게 아닌데……?'

이게 아니기는 한데.

'지금 타이밍이 너무 안 좋다.'

이건 '의뢰가 아니라 오히려 내가 보상을 받아야만 하는 거래입니다!'라고 말할 수 있는 타이밍이 아니다. 하마터면 흑흑 연합은 분열될 뻔했고, 만약 골렘이 승승장구하게 내버려 뒀다면 중국 내 '자주 플레이' 혹은 더 극단적인 '반 절대악 움직임'이 훨씬 커졌을 거다.

'그렇게 됐다면 중국과 절대악의 관계는 더 이상 회복하기 어려운 곳까지 가겠지.'

로랑도 안다. 절대악이 중국을 그렇게 곱게만 보지는 않고 있다는 것을 말이다.

'골렘, 그놈이…….'

다 된 친선에 골렘을 뿌려 버렸다. 로랑은 일단 말을 아꼈다. 일단 절대악과의 관계가 악화되지 않은 것에 감사하면서 말이다.

"그리고 또 마계 양치기랑 블랙 헬 하운드 킹은 어떻게 해드릴까요?"

"……."

로랑은 또 섣불리 대답하지 못했다.

'이 분위기는…….'

이것도 마치 의뢰의 형식을 빌고 있는 것 같지 않은가. 한주혁이 남의 집에 불난 것을 구경하는 듯한 태도로 말했다.

"좀 버거워 보이시던데."

"솔직히 많이 어렵습니다."

그래서 맨 처음, 절대악에게 도움을 요청하려고 했던 것 아니던가. 그때의 영상이 퍼져서 자존심이 많이 구겨지기는 했지만.

"제가 처리해 드릴게요. 동맹이기도 하고."

"감사합니다."

"근데 골렘 측에서 주장하기를, 그것들 원래는 중국의 소유라면서요."

문 타이거 때도 그렇고 헬 하운드 때도 그러더니. 참, 경험을 해도 해도 발전이 별로 없는 것 같다.

"아닙니다. 중국 대륙에 나타난 몬스터이지만, 저희가 처리할 수 없는 영역의 몬스터입니다. 그 누구도 소유권을 주장할 수는 없겠지요."

"그렇죠? 걔네 잡아서 드랍되는 건 분명히 제 거죠?"

"당연한 얘기입니다. 일전의 얘기는 골렘의 일방적인 주장이었을 뿐입니다."

"정부에서도 조용하던데……."

플레이어들에게 맡겨놓고 뒤에서 구경하는 듯한 모습이지만, 사실 중국 고위 간부들도 똑같다. 뒤에서 사리고 있다가 마계 양치기가 생각보다 약해 보이자, 어떻게든 이득을 취하려고 했다. 그게 나쁜 건 아니다. 정부가 자국의 이익을 위해 노력하는 건 나쁜 게 아니니까.

한주혁이 다시 물었다.

"걔네 잡아드릴게요. 지금 움직이기 시작했다던데. 움직이는 모든 곳이 초토화되면 안 되잖아요."

"정말 감사합니다."

"그러면 보상은 어떻게 주실 거예요?"

정부가 자국의 이익을 위해 노력하는 게 나쁜 것이 아니듯, 한주혁이 자신의 이익을 위해 노력하는 것도 나쁜 게 아니다.

"가능한 중국 정부를 통해 공식적인 요청과 보상을 받고 싶은데……"

"제가 바로 연락드리겠습니다."

그래서 결정 났다. 절대악의 힘을 하루 빌려 쓰는 대가로, 일시불로 300억 원을 지불하기로 했다.

한주혁이 턱을 매만졌다.

"흠."

내 하루 일당치고 너무 적기는 한데.

"그게 최선이에요?"

"옥새 아이템의 소유권도 완전히 넘기겠습니다."

"어……? 이건 원래 저한테 준 거 아니었어요?"

"무, 물론 그렇습니다만."

하마터면 '원래 준 거로 생색내는 치졸한 사람'이 되게 생겼다. 로랑이 황급히 말을 이었다.

"또한 옥새와 관련된 모든 정보들을 공유할 것이며…… 관련 퀘스트가 나타날 시. 무조건적인 연락과 공유를 약속하겠습니다."

한주혁이 고개를 끄덕였다.

'어차피 이 옥새도 중국에서 나왔어.'

다른 단서들도 중국에서 발견될 수 있다는 소리다.

"그러고요?"

한주혁이 한마디를 덧붙였다.

"중국, 부자잖아요."

그래서 결정됐다. 절대악의 힘을 하루 쓰는 대가로, 300억이 아니라 500억을 지불하기로. 300억은 일시불로 지급하고, 나머지 200억은 12개월로 나누어 내기로 했다.

그렇게 한주혁은 일당으로 500억을 받게 되었다.

한주혁이 저도 모르게 말했다.

"아, 닥쳐."

한세아는 예쁘다. 다들 그렇게 말한다. 혹자는 정말로 귀엽다고 표현한다.

예쁘고 예쁘지 않고는 상당히 주관적인 영역이다. 하지만 절대다수의 많은 사람들이 예쁘다라고 인정한다는 건, 비교적 객관에 가깝게 예쁘다는 뜻이다. 그렇게 예쁘고 귀여워 봤자, 친오빠인 한주혁 눈에는 크라켄 정도로 보이긴 했지만.

한세아는 예쁘고 귀여운 여자가 아니라, 시끄러운 여동생이다. 한주혁에게 있어서는 말이다.

괜스레 미안해진 천세송이 대신 말해줬다.

"500억 정도 받기로 했대."

"500억……."

한세아는 열심히 물어도 대답을 들을 수 없었지만, 천세송은 가만히 있어도 저절로 알았다. 그게 연인과 여동생의 차이였다.

한세아가 인상을 살짝 찡그렸다.

"아니, 근데."

오빠에 대한 불만을 말하지는 않았다.

"왜 500억밖에 안 줘?"

그래서 로랑에게, 그 자리에서 바로 귓말을 걸었다.

-로랑 님. 중국 부자 아니에요?

그 귓말에, 마계 양치기 레이드를 돕기 위해 준비하던 로랑은 식은땀을 흘리기 시작했다.

-……예?

차라리 절대악은 낫다.

-우리 오빠 부려먹는데 그걸로 돼요?

절대악의 동생인 7번 성좌는 중국을 더욱더 안 좋게 보고 있다. 로랑도 그걸 알고 있다. 오빠인 절대악이 중국을 도와주니까, 그냥 옆에서 도와줄 뿐. 만약 7번 성좌가 절대악이었다면 도움을 얻지 못했을 수도 있다.

-아니, 그리고 우리 오빠만 움직이는 게 아니고. 저도 있고 앱솔루트 네크로맨서도 있고 1번 성좌랑 아이템 콜렉터에 워프 마스터까지 한 팀으로 움직이는데. 이건 견적을 너무 후려치는 거 아니에요?

오빠가 블랙 스톤 하나 먹어도 조 단위의 돈이 들어오는데.

-원래 300억이었습니다만…… 그것을 조정하였습니다.

한세아는 그 말을 듣지 않았다. 아 몰라, 그런 거. 알 게 뭐야.

-600억에 퉁쳐요.

-지금 그게 제 마음대로 정할 수 있는 것이 아니라서…….

-정하는 게 좋을걸요?

한세아가 협박했다.

-우리, 지금 그냥 돌아가요? 우린 걔네 안 잡아도 그만인데.

-아, 아닙니다. 그렇게 하겠습니다.

-거봐요. 중국은 역시 부자 나라가 맞네요. 역시 중국. 엄지 척!

그렇게 보상이 600억으로 올라갔다. 처음 300억에서 총 300억이 늘었다. 물론 한세아에게 '레이드를 끝내고 돌아갈 능력' 따윈 없다. 천세송이 말하면 듣겠지만, 한세아가 말한다고 해서 들어줄 한주혁이 아니니까.

어찌 됐든 그 사실을 잘 모르는 로랑은 중국 정부와 협의하여 100억을 더 토해내기로 했다.

로랑은 울고 싶었다.

'이게 다.'

이게 전부 다.

"골렌 때문이다!"

골렌이 일을 망쳐 버려서 무려 600억이 나가는 거 아니겠는가. 골렌이 중간에 까불지만 않았어도, 절대악의 기분을 상하게 하지만 않았어도 600억을 아낄 수 있었다.

어쩌면 레이드에 함께 참여하면서 마계 양치기와 헬 하운드들을 잡는 것에 대한 보상을 일부나마 공유할 수도 있었을 거다.

좀처럼 욕을 하지 않는 로랑이 이를 바드득 갈았다.

"골렌 이 새끼!"

죽여 버린다. 반드시. 반드시 죽여 버린다.

로랑은 명령을 내렸다.

"골렌에게 손해 배상 청구하고 바로 재판 진행해. 고위 간부들에게 얘기해 놓을 테니까."

한주혁이 라망투에 도착했을 때. 마계 양치기와 헬 하운드 무리는 전부 이동한 상태였다.

"음."

그런데 이거.

"영지의 주인이 설정되어 있지 않네?"

몬스터에게 함락된 영지. 주인이 마계 양치기였는데, 그 마계 양치기가 도망을 쳤다.

한세아가 활짝 웃었다.

"그럼 오빠 거!"

모르골 제국 NPC의 설정도 필요 없었다. 말 그대로 무주공산.

'나중에 모르골 제국 NPC들이 시비를 걸면…….'

그때 되면 또 중국에 비싼 값에 팔아주면 되는 거 아니겠는가. 이곳은 무려 라망투다. 아이템 전송소가 있는.

한세아가 진지한 얼굴로 말했다.

"중국은 부자니까 우리가 이거 하나 정도 먹는 거는 기분 안 나쁠 거야."

한주혁은 어이가 없어 웃고 말았다. 오빠인지라 동생의 마음을 잘 안다. 중국의 행태가 어지간히도 마음에 안 들었던 모양이다. 그냥 그러려니 했다.

영지 내에 위치하고 있는 크리스탈의 주인을 '아서'로 설정한 한주혁은 아주 손쉽게 라망투까지 먹어치웠다. 그 상태 그대로 성문 밖을 나섰다.

워프 마스터. 이주랑이 말했다.

"마계 양치기는 워프에 굉장히 능한 마계 몬스터입니다. 쫓기가 쉽지 않을 것 같습니다."

"괜찮아요."

뭔가를 쫓는 것에 특화된 절대악의 스킬이 있지 않은가.

"그냥 단순 이동 말고 추적은 가능하거든요. 저도."

그래서 '악의 추적'을 사용했다. 사기적인 신체 스탯에서 나오는 추적 능력은 오늘도 빛을 발했다. 워프 마스터도 고개를 절레절레 저었던, 쫓기 힘들었던 마계 양치기를 단박에 발견했다.

이주랑이 말했다.

"한 번 와본 적 있습니다. 이곳의 이름은 해골 광야라고 불리는 곳입니다. 꽤 큰 넓이의 광야 형태 필드입니다. 위협적인 몬스터로는 해골 기사가 있습니다. 제가 왔을 때보다, 필드가 많이 어두워진 상태입니다. 땅의 색깔도 검은색으로 물든 것으로 보아 변화가 조금 있었던 것 같습니다."

한주혁이 씨익 웃었다.

설명이 무슨 의미가 있겠는가. 중요한 건 지금 눈앞에 마계 양치기와 헬 하운드들이 있다는 것 아니겠는가.

"여기 있었네."

한주혁은 이미 느끼고 있다.

'타이밍이…… 참 좋아.'

블랙 스톤 50개를 소모한 그 시점에. 또 이런 고위급 몬스터가 모습을 드러냈다. 블랙 스톤이 나와야 한다. 한주혁은 그렇게 생각했다.

그는 한 발자국 걸음을 옮기면서 말했다.

"블랙 스톤 안 주면 죽는다."

죽어야 블랙 스톤을 주는 것이기는 하지만, 어쨌든 한주혁이 마계 양치기를 향해 걸었다.

그리고 라망투에서와는 약간 다른 상황이 펼쳐졌다.

11장
새로운 유산

 마계 양치기와 블랙 헬 하운드 킹은 저만치 앞에서 걸어오는 작은 인간을 쳐다봤다.
 블랙 헬 하운드 킹이 먼저 반응을 보였다.
 컹!
 가볍게 한 번 짖었다.
 한 번 본 것 같은 인간이다. 뭐랄까, 그다지 좋지 못한 기억이 남아 있다. 그래서 쉽사리 달려들지는 않았다. 아주 약간, 불길한 느낌이 들었으니까.
 한주혁이 씨익 웃었다.
 '기억 못 하네.'
 그때의 자신과 지금의 자신은 다르다.
 '확실히 위압의 효과가 크긴 큰 모양이야.'

위압을 사용했을 때에는 무서워서 오줌을 지리던 몬스터가 지금은 도망 치지도 않고 이쪽을 향해 으르렁거리고 있다.

'위압을 썼을 때의 내 모습과는 많이 다르게 느끼는 것 같군.'

단순히 생김새로만 파악하는 것 같지는 않다. 그때나 지금이나 얼굴은 똑같이 생겼다. 기세만 다를 뿐이다.

마계 양치기도 긴장한 듯 보였다. 양치기가 피리를 불기 시작하자 5만여 마리에 달하는 헬 하운드 무리가 한주혁을 둘러쌌다. 원형진을 이루어 포위한 것 같은 모양새였다.

한세아가 그 숫자에 감탄했다.

"어마어마하긴 하네."

헬 하운드. 레드 스톤을 드랍하는 상당히 고위급 몬스터다. 그 정도 되는 몬스터가 5만여 마리나 함께 모여 있다. 그것도 불길을 뿜어내는 상태로. 멀리서 본다면 마치 화염지옥처럼 보일 것이다.

한주혁이 혹시나 싶어 귓말로 물었다.

-데미안. 마계 양치기에 대해서 알고 있나?

그랬더니 또 귓말로 대답이 왔다.

-그게 뭐지?

한주혁이 어깨를 으쓱했다. 데미안은 마계 양치기에 대해 전혀 모르는 듯했다. 마치 신귀족이라 주장했던, 자칭 귀족들이 서민들의 삶을 전혀 모르는 것과 비슷한 듯했다.

-아무것도 아니다.

한주혁은 거기서 새로운 사실을 깨달았다. 데미안과 일반 귓말로 대화할 수 있다는 사실을.

-혹시 악마의 대저택을 벗어났나?

-마음 같아서는 이미 여러 번 움직였다.

그러나 움직일 수 없다. 데미안은 시스템 설정에 의하여 악마의 대저택에서 일정 거리 이상 벗어나지 못하고 있으니까.

'그렇단 말이지.'

이주랑이 말하지 않았는가. 이곳에 어떠한 변화가 있었다고.

'마계 양치기, 블랙 헬 하운드 킹. 에르페스와 굉장히 깊은 관련이 있을지도 모를, 모르골 제국이 지배하는 옥새가 발견된 중국 땅. 절대악. 그리고 검게 물든 해골 광야.'

검게 물든 이 땅이 어떤 영향을 끼친 건지는 모르겠지만 데미안과 일반 귓말로도 대화가 됐다. 타 대륙임에도 불구하고.

한주혁이 한 발자국 더 앞으로 나아갔다.

"묘하게 자신감이 넘쳐 보이네."

마계 양치기. 그리고 블랙 헬 하운드 킹의 모습이 라망투에서와는 완전히 달랐다. 아무리 위압을 사용하지 않았다 할지라도, 아예 겁을 먹지 않았다. 겁을 먹지 않은 정도가 아니라, 지금은 이쪽을 먹잇감 정도로 보고 있는 것 같았다.

블랙 헬 하운드 킹의 눈동자가 붉게 빛났다. 입에서는 침이 질질 흘러나오고 있었다.

한주혁이 블랙 헬 하운드 킹과 눈을 마주쳤다.

"그 눈빛, 마음에 안 드네."

마계 양치기는 새로운 땅을 발견했다. 마계는 아닌데, 마계처럼 강력한 마기가 가득했다. 마계 양치기는 이러한 땅에 대해서 알고 있다.

크크큭!

마계 양치기가 가볍게 웃었다. 이 땅의 주인은 나다. 이 땅에서 나는 다시 태어날 수 있다.

마계 양치기는 그렇게 확신했다. 마계에도 이러한 곳이 있다. 충만한 마기로 가득하여, 마계 생물체에게 강력한 힘을 선사하는 특수한 지역. 마계 양치기들 중 극히 일부가 이 특수한 지역을 찾아낼 수 있으며, 이곳에서 새로운 힘을 얻게 된다.

크큭!

마계 양치기는 눈앞의 작은 인간을 쳐다봤다. 맛있어 보였다. 블랙 헬 하운드 킹과는 다르게, 마계 양치기는 한주혁의 얼굴을 기억했다.

큭!

너. 약하다.

저번에는 그렇게 강력해 보였는데, 그래서 아무것도 하지 못했는데. 지금은 달랐다. 이 특별한 지역 내에서, 자신의 힘이 저 인간을 훨씬 넘어선다고 느꼈다. 그건 본능이었고 확신이었다.

큭!

아주. 약하다.

한주혁이 그때와는 다르게 위압을 펼치지 않은 탓이 크기는 했지만, 어쨌든 마계 양치기는 확실히 그렇게 느꼈다.

크크큭!

너. 내가 먹는다.

이 땅의 기운이 자신을 돕고 있는 게 느껴졌다. 머릿속에서 웅얼거리던 외침 같은 것이, 어느 정도 구체화되어 입 밖으로 튀어나왔다.

"약해. 먹을 것. 내 거."

아주 작은 소리였지만 한주혁도 그 소리를 들었다. 분명히 언어를 사용했다. 저번과는 달랐다.

'좀 달라지긴 했어.'

하필 이곳. '검게 물든' 해골 광야에서 놈들과 조우했다. 이것이 단순한 우연이라고 생각하지는 않는다.

5만의 헬 하운드에 둘러싸인 루펜달이, 진화한 마계 양치기. 그러니까 언어를 구사할 수 있게 된 마계 양치기를 보며 감상을 말했다.

"말하는 X밥이로구나."

그때 한주혁의 몸이 사라졌다. 루펜달은 한주혁의 움직임을 전혀 읽지 못했다. 읽지 못하는 것에 그다지 놀라지 않았다. 형님의 움직임은 원래 읽을 수 없는 거니까.

한주혁이 주먹을 휘둘렀다. 불손한 눈빛을 더 이상 봐주기 싫었으니까.

"안 맞아봤지?"

맞아봐야 정신을 차린다. 한주혁의 주먹이 블랙 헬 하운드 킹에게 뻗어 나갔다. 블랙 헬 하운드 킹도 그 주먹을 봤다.

킹!

인간. 느리다.

블랙 헬 하운드 킹 스스로는 인간의 움직임을 정확하게 읽었다고 생각했다.

피리 소리가 울려 퍼졌다. 주인님의 소리다. 주인님이 자신에게 힘을 불어넣어 주고 있었다. 아주 짧은 찰나였지만, 블랙 헬 하운드 킹은 자신감을 얻었다.

킹!

인간. 죽인다.

인간의 주먹을 똑바로 바라보며 몸을 숙였던 블랙 헬 하운드 킹은, 용수철처럼 튀어 올라 인간의 나약한 목덜미를 물어, 목뼈를 바스러뜨리려고 했다.

그와 동시에 비명이 터져 나왔다.

깨개갱!

인간의 주먹을 가볍게 피하고 인간의 목뼈를 부러뜨리려고 했건만, 블랙 헬 하운드 킹은 바닥을 굴렀다.

한세아가 안 됐다는 듯 혀를 찼다.

"이빨이 몽땅 부러졌네."

굉장히 리얼하게 묘사가 됐다. 보통은 H/P만 떨어지는데, H/P가 떨어지는 게 아니라 이빨이 전부 바스러졌다는 건 무언가를 의미한다는 뜻이다.

천세송이 안 됐다는 듯 말했다.

"시스템이…… 엄청난 고통을 묘사하려는 거 아닐까?"

"많이 아프겠지?"

"……응."

용수철처럼 튀어 오르려던 블랙 헬 하운드 킹은, 콩벌레마냥 바닥을 굴러다녔다.

천세송이 싱긋 웃으며 위로를 건넸다.

"괜찮아. 언데드가 되면 안 아파. 얼른 죽으렴."

마계 양치기의 피리 소리가 울려 퍼졌다. 그 피리 소리에 힘을 얻은 듯, 바닥을 구르던 블랙 헬 하운드 킹은 정신을 퍼뜩 차리고 일어섰다.

피리 소리 덕분인지 이빨이 재생되기 시작했다. 그리고 한주혁을 향해 다시금 달려들었다. 아니, 달려들려고 했다.

깨개갱!

블랙 헬 하운드 킹은 또다시 바닥을 구르기 시작했다. 이번에는 3층성마저도 인상을 찡그리고 말았다.

'때린 데를 또 때렸어?'

아무래도 절대악은 변태인 것 같다. 원래 맞은 데 또 맞으면 아픈 법이다. 절대악은 때린 곳을 또 때렸다.

'그것도 절대악표 평타로.'

그냥 공격도 아니고 절대악의 평타다. 블랙 헬 하운드 킹은 그렇게 생을 마감했다. 강렬한 붉은빛을 남긴 채, 검은 잿더미가 되었고 천세송에 의해 언데드로 되살아났다.

크큭!

마계 양치기가 신경질이 난 듯 피리를 집어던졌다. 피리가 하늘 높이 떴다.

3층성은 그걸 보지 않았다.

'빠르게……!'

누구보다 빠르게.

'누구보다 정확하게!'

아이템 콜렉터로서의 역할을 충실히 이행하기로 했다.

-스킬. 콜렉팅을 사용합니다.

그리고 언고야 말았다.

-블랙 스톤 꾸러미를 획득하였습니다.
-블랙 헬 하운드의 어금니를 획득하였습니다.

3층성의 심장이 두근거리기 시작했다.

'드디어 나도, 1인분을 하기 시작했다.'

루펜달이 눈치를 주기도 전에, 절대악이 말하기도 전에, 스스로 나서서 아이템을 획득하지 않았는가. 뭐였는지 기억도 안 난다. 그저 빠르게 아이템을 주워서 절대악의 칭찬을 받고 싶었을 뿐.

'어? 가만?'

지금 뭐라고?

'블랙 스톤 꾸러미?'

3층성은 제자리에서 굳고 말았다. 다른 것도 아니고 블랙 스톤 꾸러미란다.

'절대악이 지금 한 게 뭔데?'

끽해야 평타 두 번. 그 평타 두 번에 블랙 스톤 꾸러미가 드랍됐다. 블랙 헬 하운드의 어금니야 둘째 치고.

'이게 이렇게 흔한 거야?'

보아하니 이 파티는 이 사실에 그다지 감흥이 없는 듯했다. 오히려 절대악이 하는 말이 가관이다.

마계 양치기를 쳐다보며 말했다.

"겨우 20개냐?"

아니, 그래도. 블랙 헬 하운드 킹 정도 되면 블랙 스톤 꾸러미를 다발로 드랍해야 좀 수지가 맞는 거 아니냐. 내가 최근에 쓴 게 50개인데. 너는 몬스터가 돼서 20개밖에 안 주냐?

"버릇이 없네."

천세송이 옆에서 말했다.

"오빠. 약한 몬스터니까 그렇지. 너무 기분 나빠하지 마요. 우리 오빠 스트레스 받으면 안 돼."

한주혁은 납득할 수 있었다.

"하긴."

그래 봤자 블랙 헬 하운드 킹이다. 데미안이 기억조차 못 하는, 데미안에 비하면 서열 자체가 존재하지 않는 마계 생명체. 마계 양치기를 주인으로 모시는 하급 몬스터인데. 줘봐야 얼마나 주겠는가.

"약한 애니까 어쩔 수 없지. 넌 좀 더 제대로 된 거 줘라. 안 그러면 죽는다."

그때 하늘로 던져졌던 피리가 부서지면서 검은색 소용돌이가 불기 시작했다.

크크큭! 큭! 큭! 큭!

마계 양치기가 기운을 끌어올렸다. 채찍을 마구 휘두르며 땅을 쳐댔다. 그때마다 땅에서 검은색 기운이 연기처럼 피어올랐다.

마계 양치기 주변의 땅이 가볍게 흔들렸다. 마계 양치기가 딛고 있는 땅이 쩌적- 하고 갈라지기 시작했다.

마계 양치기의 몸이 땅속으로, 아주 조금 박혀 들어갔다. 마치 저곳만, 좀 더 강한 중력이 작용하는 것처럼 말이다.

천세송과 한주혁의 대화를 들으며, 잠시 정신이 붕괴되었던 3층성은 마음을 추스렸다.

'그래. 이 인간들은 이런 인간들이지.'

세계의 보물 블랙 스톤 20개를 얻었는데, 그것에 그다지 만족하지 못하고 있다. 이런 것쯤은 이제 익숙해지기로 했다. 그냥 이 인간들은 종류가 다른 인간들이라고 생각하는 게 마음 편했다.

'그런데…… 지금 뭐 하는 거지?'

블랙 헬 하운드 킹이 절대악의 평타 두 번에 사망한 뒤, 하늘로 떠올랐던 피리가 부서지면서, 이 일대에 변화가 일었다.

'헬 하운드들이……'

변화하고 있었다.

'블랙 헬 하운드로 변하고 있다?'

무려 5만 마리에 달하는 헬 하운드들이, 말하자면 진화했다. 마계 양치기가 어떠한 수를 쓴 것 같았다.

컹! 컹! 컹!

여기저기서 개 짖는 소리가 들려왔다.

한주혁은 마계 양치기를 공격하지 않고 그냥 그대로 뒀다.

"옳지."

이거 가만히 보니까 아주 괜찮은 능력이다. 헬 하운드들에게 버프를 줘서, 블랙 헬 하운드로 진화시키고 있다. 블랙 몬스터들은 굉장히 높은 확률로 블랙 스톤을 드랍하지 않는가.

"그래, 바로 이거지."

한주혁은 그제야 만족한 듯한 미소를 지었다. 5만 마리에 달하는 블랙 헬 하운드들이 보였다. 붉은 불길이 검은 불길로 변했고, 붉은 지옥이 검은 지옥으로 변했다. 3층성의 눈으로는 그랬다.

변화는 거기서 끝이 아니었다.

'어?'

마계 양치기가 더욱더 격렬하게 채찍을 휘둘렀다. 땅이 좀 더 요동쳤고 부서진 피리 파편들이 검은색 소용돌이를 더욱 격하게 피어올랐다.

'블랙 헬 하운드들이 뭉치고 있다?'

블랙 헬 하운드 여러 마리가 한데 뭉치기 시작하더니, 보스 몬스터인 블랙 헬 하운드 킹으로 진화하기 시작했다.

5만여 마리의 블랙 헬 하운드들이 모여서, 100마리에 달하는 블랙 헬 하운드 킹이 됐다.

한주혁이 고개를 끄덕였다. 기다려 준 보람이 있다. 마계 양치기가 괴성을 내질렀다.

크으으으으으오옥!

그러자 또 100마리의 블랙 헬 하운드 킹들이 하나로 모이기 시작했다. 한주혁이 재미있다는 듯 그 모습을 지켜봤다.

'뭐가 튀어나오려나?'

검은색으로 물든 해골 광야. 마계 양치기. 증폭된 마기. 새로이 나타난 또 다른 보스 몬스터.

그 몬스터가 모습을 드러냈을 때. 한주혁에게 새로운 알림이 들려왔다.

예전에도 이와 비슷한 현상이 있었다. 헬 하운드들이 모여서 헬 하운드 킹이 되었었다. 아무래도 헬 하운드라는 놈들은 이러한 특성을 가진 것 같았다.

헬 하운드가 마기의 영향을 받아 블랙 헬 하운드로 변했고, 그놈들이 합쳐져 블랙 헬 하운드 킹이 되었다.

한주혁이 중얼거렸다.

"어째…… 낯이 익네."

분명 처음 보는 몬스터지만, 어디선가 많이 본 것만 같은 몬스터가 모습을 드러냈다.

-마계의 파수꾼. 케르베로스가 모습을 드러냅니다.
-보스 몬스터. 케르베로스가 하울링을 시작합니다.

그와 동시에.

아우우우우!

늑대 울음소리와 비슷한 소리가 터져 나왔다. 주위는 삽시간에 어둠에 물들었다.

케르베로스는 거대한 검은색 개의 머리가 무려 7개나 달린 괴물이었다. 시뻘건 혀를 낼름거리며 입에서는 붉은 불을 뿜어

댔는데, 그 열기가 어찌나 뜨거운지 주변의 모래가 녹아내려 용암처럼 변할 정도였다.

그 모습을 보며 3충성은 전율에 빠져들었다.

'저 몬스터가 그 유명한 케르베로스인가.'

모든 몬스터가 몬스터 도감에 등록되어 있는 것은 아니다. 제국의 대도서관에도 기록되지 않은 몬스터들이 많이 있으니까.

'몬스터 도감에 기록되어 있는 몬스터들 중…… 최상위의 몬스터.'

주인에 대한 충성심이 그 누구보다도 깊어, 주인의 말이라면 죽음도 불사한다는 마계의 파수꾼. 몬스터 도감의 종류에 따라 마계의 파수꾼 혹은 지옥의 파수꾼이라고도 불리는, 플레이어가 접할 수 있는 최상위 등급의 몬스터였다.

3충성은 그 케르베로스에 대한 기록을 전에 살펴본 적이 있었다.

'또한 공포를 모르는…… 포식자형 몬스터라고 적혀 있었는데.'

거기에 더해 주인과 상성이 잘 맞는 경우, 둘은 굉장한 시너지 효과를 발휘한다고 했다.

'그렇다면 주인은 마계 양치기?'

마계 양치기와 케르베로스. 둘이 함께 모여 큰 힘을 발휘하고 있는 것 같았다.

그때 목소리가 들려왔다.

"잘도…… 내 집을 빼앗았겠다."

그 목소리의 주인은 다름 아닌 '마계 양치기'였다. 마계 양치기의 손에 들려 있던 피리는 부서진 지 오래. 대신 그 손에는 또 다른 채찍이 들려 있었다. 이제 마계 양치기는 두 개의 채찍을 들고 있는 상태. 하나는 검은색, 하나는 붉은색이었다.

3충성은 확신할 수 있었다.

'좋은 주인과 케르베로스가 만났다.'

몬스터 도감에 따르면, 좋은 주인과 만난 케르베로스는 그 힘을 가히 상상할 수 없을 정도라고 표현되어 있었다. 만나면 무조건적으로 도망쳐야 하는 몬스터 중 하나라고 기록되어 있을 정도였다.

그때 루펜달이 짧게 감상평을 말했다.

"말 잘하는 X밥이구나."

그 목소리가 그렇게 크지 않아서인지, 마계 양치기는 그 말을 듣지 못한 것 같았다.

"제 죽을 곳을 알아서 찾아오다니."

마계 양치기가 들고 있던 검은색 채찍에서 검은 기운이 스멀스멀 피어올랐다.

"이곳이 네 무덤이 될 거다!"

마계 양치기가 채찍으로 땅을 후려쳤다. 한주혁의 심안에 뭔가가 잡혔다.

'어?'

땅 밑에서 무언가가 튀어나왔다.

-스킬. 파천보법을 사용합니다.

빠르게 회피하여 땅 밑에서 튀어나오는 무언가를 피했다. 검은색 기운이 허공을 할퀴었다.
 검은색 잔상이 남았다. 그것은 손톱자국이었다.
 한주혁이 씨익 웃었다.
 '이거⋯⋯.'
 굉장히 낯이 익은 능력이다. 한주혁 본인도 갖고 있는 능력. 사실상 백참격과 같은 스킬들에 밀려 거의 사용하지 않는 스킬이긴 했지만 어쨌든 한주혁도 익히고 있는 능력이 있다.
 '데스 네일이랑 거의 비슷하네?'
 점점 재미있어졌다.
 '검게 물든 땅에 블랙 몬스터에, 마계 파수꾼에 마계 양치기?'
 거기에 대륙이 다른데도 데미안과 귓말로 이어지는 특수한 필드.
 "너도 쓸 줄 아냐?"
 간만에 한주혁도 써보기로 했다.

-스킬. 데스 네일을 사용합니다.

 가슴팍에 상처를 내는 스킬. 가벼운 스킬이지만 그 스킬을 사용하는 사람이 무려 절대악이다. 적어도 평타보다는 강력할 것이 틀림없는 스킬. 그것이 케르베로스의 가슴팍을 할퀴었다.

그와 동시에 마계 양치기가 붉은 채찍을 휘둘렀다. 한주혁이 파천보법을 펼쳐 몇 발자국, 가볍게 뒤로 물러섰다.

"제법이네."

마계 양치기의 붉은 채찍은 특별한 힘을 갖고 있는 것 같았다. 케르베로스에게 강력한 방어막을 형성했다. 놀랍게도 한주혁의 데스 네일은 그 방어막을 뚫지 못했다.

"너는 아무것도 못 한다."

마계 양치기가 진지하게 얘기했다.

"왜냐하면 아무것도 못 하기 때문이다."

한세아는 나름대로 깜짝 놀랐다.

'오빠의 공격이 안 통했어?'

어떤 수를 쓴 건지는 모르겠지만, 오빠가 나름 진짜 스킬을 사용했는데 그 스킬을 막아냈다. 오빠의 일격을 막을 수 있는 몬스터가 존재했다니. 한세아 입장에서는 신기할 지경이었다.

하지만 딱 그 정도다. 그냥 조금 신기한 정도.

"오빠. 근데 왜 안 죽여?"

"그냥."

이상한 건 한주혁이 케르베로스와 마계 양치기를 아직까지도 죽이지 않고 있다는 것.

천세송도 궁금했는지 물어봤다.

"오빠한테 분명 무슨 생각이 있는 것 같은데……."

"마계 양치기랑 케르베로스의 시너지 효과가 생각보다 굉장히 커."

천세송이 제대로 묻지도 않았는데, 한주혁은 입에 모터라도 단 것처럼 술술 상황을 설명했다.

"저 둘이 특수한 필드에 함께 모여 있으면 아주 특별한 힘을 발생시키는 것 같아. 심안으로 살펴본 결과, 마기가 점점 더 짙어지고 있어."

뿐만 아니라.

"나는 이 지역이 그냥 그렇고 그런, 평범한 지역 같지가 않거든."

이건 그냥 감이다. 그래서 일부러 내버려 두고 있다.

한세아가 고개를 끄덕였다. 이제 오빠의 저런 모습도 그러려니 한다. 궁금한 게 있으면 세송이에게 묻는 게 더 빠르다는 걸 인정하고 있는 상태다. 친오빠에게서 친절함을 기대하기란 거의 불가능에 가까웠으니까.

한세아가 물었다.

"만약 평범한 지역이면?"

"그럼 죽어야지."

"음?"

그렇다면.

"평범한 지역이 아니라 어떤 특별한 지역이면?"

"그럼 죽어야지. 블랙 스톤 줄 거 같은데."

그 말에 케르베로스의 몸이 움찔 떨렸다. 눈빛은 여전히 흉폭했고 입에서는 검붉은 불꽃이 피어올랐다. 과연 지옥의 수문장이라고 불릴 만큼 강렬한 기세를 내뿜고 있었다.

마계 양치기가 검은색 채찍을 휘둘렀다.

짜악!

그 채찍이 길게 주욱- 늘어나 케르베로스의 등을 때렸다. 케르베로스가 몸을 한껏 웅크렸다. 한주혁을 향해 튀어 나갈 것처럼. 도약 직전의 사자처럼 몸을 웅크렸다.

마계 양치기가 주문을 외우듯 외쳤다.

"케르베로스는 두려움을 모르는 용맹한 충견! 저놈을 물어뜯어라!"

마계 양치기의 표정은 점점 더 자신감에 가득 찼다. 시간이 지나면 지날수록, 승리는 자신의 것이라고 생각했다. 해골 광야에 피어오르는 마기는 더더욱 진해졌고, 그 마기는 자신과 케르베로스에게 더더욱 큰 힘을 선물해 주고 있었으니까.

'나는 강해졌다.'

마계 양치기는 스스로 그걸 느꼈다. 생각도 자유로워졌다. 보이지 않던 것들이 보이기 시작했다. 한 단계, 아니, 두 단계 이상은 강해졌다는 것을 느꼈다.

'그러니까 저 인간을 죽일 수 있다.'

그건 정해져 있는 사실이다. 나의 집을 빼앗은 저 도둑놈을 찢어 죽이고 뱃속에 넣어야 직성이 좀 풀릴 것 같다.

"자! 달려라! 용맹한 케르베로스!"

먹잇감을 덮치기 직전의 맹수처럼, 몸을 한껏 웅크렸던 케르베로스는 그냥 계속 웅크려 있었다.

"케르베로스!"

마계 양치기가 검은색 채찍을 휘둘렀다. 그 채찍이 또다시 길게 늘어나 케르베로스의 등짝을 때렸다.

"케르베로스!"

짜악! 짜악! 짜악!

검은색 채찍이 케르베로스의 등을 계속해서 때려댔다.

한주혁이 말했다.

"이제 더 이상 마기가 강해지지 않네."

지금 이 정도가 MAX 상태인 것 같다. 그렇다면 볼일은 이제 끝났다. 강력해진 맹수인 케르베로스는 더욱 강한 맹수를 알아봤다. 위압을 펼치지 않았음에도 불구하고 케르베로스는 한주혁에게 달려들지 않았다.

분노에 가득찬 마계 양치기가 일갈을 내뱉었다.

"너는 두려움을 모르는 위대한 파수꾼이다!"

그리고 알림이 들려왔다.

-케르베로스가 공포에 질렸습니다.
-보스 몬스터 성립 조건이 해제되었습니다.

-케르베로스가 블랙 헬 하운드 킹으로 분산됩니다.

그 말에 한주혁이 곧바로 백참격을 사용했다.
'안 돼!'
저런 상위급 몬스터는 굉장히 훌륭한 몬스터다. 아주 좋은 아이템을 드랍한다. 이렇게 허무하게 사라지면 안 되는 몬스터다.

-보스 몬스터 레이드에 성공하였습니다.
-케르베로스를 사냥하였습니다.

마계 양치기는 붉은색 채찍을 놓치고 말았다.
'……어?'
아까와는 달랐다. 아까는 저놈의 움직임에 맞춰 채찍을 휘두를 수 있었다. 그런데 이번에는 채찍을 휘두르지 못했다. 채찍을 휘두르기 위해 팔을 들어 올렸을 때, 이미 케르베로스는 검은색 잿더미가 된 상태였다.
3층성이 재빠르게 내달렸다.
'블랙 스톤 꾸러미!'
또다시 블랙 스톤 꾸러미가 드랍됐다.
'블랙 스톤 꾸러미!'
블랙 스톤 꾸러미를 또 획득했다.
'블랙 스톤 꾸러미!'

새로운 유산

그렇게 연거푸 5개의 블랙 스톤 꾸러미를 획득했다. 아까 얻은 것까지 포함하면 무려 6개의 블랙 스톤 꾸러미, 쉽게 말해 120개의 블랙 스톤을 얻었다.

'실화냐!'

200년간, 겨우 두 개밖에 뿌려지지 않던 꿈의 에너지원. 블랙 스톤이 무려 120개가 생겼다. 이제 인류는 한 단계 더 발전할 수 있을 것이다. 더욱 찬란한 문명을 발생시킬 수 있을 것이다. 3충성은 그렇게 생각했다. 이것은 단순히 절대악 열풍이 아니라, 절대악 혁명이 될 것이다.

블랙 스톤 꾸러미 5개를 획득한 3충성은 저도 모르게 외쳤다.

"헐렐루야! 형멘!"

흥분한 3충성을 쳐다보며, 루펜달은 고개를 끄덕였다. 그래 그래. 다들 그렇게 신실해지는 것이지. 루펜달은 선배로서 조언을 아끼지 않았다.

-저기. 또 다른 아이템 있잖아. 크기가 작다고 못 보면 안 되지. 그래서야 형님께 칭찬받을 수 있겠냐?

-나는 칭찬 따윈 필요 없다.

3충성은 헐렐루야 형멘을 외쳤다는 것을 기억하지 못했다. 그것은 거의 본능에 가까운 외침이었으니까. 칭찬 따위 필요하지 않다고 그렇게 말했다.

하지만 3충성은 누구보다 빠르게 움직였다. 아이템도 하나 획득했다. 아까는 블랙 헬 하운드 킹의 어금니를 얻었었는데.

이번에는 '케르베로스의 정수'를 얻었다.

키엑!

꼬꼬가 날아와 케르베로스의 시체를 마구 찍어댔다.

식탐 가득한 눈동자로 쪼아댔지만 이렇다 할 아이템은 드랍되지 않았다. 그리고 이후 천세송이 '일어나라! 죽음의 병사여!'라고 외치며 사령술을 시행했다.

마계 양치기는 똑똑히 봤다.

'케르베로스가 죽었다.'

죽었는데, 그냥 죽는 게 아니라 영혼까지 탈탈 털리고 있다. 결국에는 네크로맨서에게 사로잡혀 죽지도 살지도 못하는 몸이 되어버렸다.

마계 양치기는 지금의 상황을 믿을 수 없다는 듯 뒷걸음질 쳤다.

"미, 믿을 수 없다……!"

지옥의 파수꾼. 마계의 파수꾼 케르베로스가 저렇게 죽을 줄 몰랐다. 이건 말도 안 되는 일이다.

'도망쳐야 해.'

집이고 뭐고, 특별한 스팟이고 뭐고. 도망쳐야 했다. 그렇지만 도망치지 못했다.

"블랙 스톤 안 주면 뒤진다."

마계 양치기가 도망치는 속도보다 한주혁이 쫓아가는 속도가 훨씬 빨랐다. 한주혁의 평타가 빛을 발했다.

'어쭈?'

도망치는 능력 하나는 기똥찬 것 같았다. 심안을 통해 살펴보니 여러 갈래로 갈라져서 도망치고 있다.

'그냥 워프가 아니네?'

한 명이 워프하는 게 아니다. 이주랑과는 워프 형식이 완전히 달랐다.

'마치…… 가루가 되어 여러 개의 입자가 따로따로 워프하는 느낌?'

느낌이 대충 그랬다. 심안에 잡히는 바에 따르면, 놈은 수천 갈래 이상 갈라져서 도망치고 있는 중이다. 저걸 먼지로 표현한다면.

'먼지 하나만 살아남아도 살아남는 형식인 거 같은데.'

그래서 사용했다.

-스킬. 아수라극천무를 사용합니다.

눈에 보이는 모든 곳을 공격 범위에 넣는, 절대악의 궁극기 중 하나인 아수라극천무가 빛을 발했다. 먼지처럼 작아졌다면, 먼지가 있는 공간 전체를 털면 된다.

이윽고 알림이 들려왔다.

-마계 양치기를 사냥하였습니다.

한주혁은 이 결과에 그다지 놀라워하지 않았다. 데미안이 이름조차 모르는 하급 몬스터 아닌가. 어떤 특별한 힘을 얻어 진화를 했든 뭘 했든 그런 건 알 바 아니다. 툭 치면 억하고 죽는다.

'이게 중요한 게 아냐.'

과연. 정말로 마계 양치기와 케르베로스. 그리고 검게 물든 해골 광야와 치솟는 마기. 이 모든 것들이 아무런 연관이 없는지. 차오를 때까지 차오른 이 마기가 아무런 변화도 일으키지 않고 이대로 사라져 버릴지. 지켜봐야 했다.

그때 알림이 들려왔다. 한주혁의 얼굴에 미소가 짙어졌다.

'역시.'

한주혁의 예감은 빗나가지 않았다.

-검게 물든 해골 광야에 강대한 마기가 감지되었습니다.
-마계의 파수꾼 케르베로스의 시신을 확인합니다.

케르베로스의 시신을 쪼아대던 꼬꼬가 멈칫하며 하늘을 쳐다봤다. 뭔가 이상함을 느낀 것 같았다.

-케르베로스의 주인 마계 양치기의 시신과 주인을 잃은 채찍을 확인합니다.

마계 파수꾼 케르베로스. 그의 주인 마계 양치기. 그 둘의 시신이 확인되었다.

-피리의 잔재를 확인합니다.

몇 가지 조건들이 한데 어우러졌다. 한주혁이 생각하고 있던, 묘하게 일치했던 그 조건들이 말이다.

-또 다른 강대한 마기를 확인합니다.
-아수라의 힘을 확인합니다.

또 다른 강대한 힘. 한주혁이 가지고 있는 마기. 그것은 시스템 설정상 '아수라의 힘'이라고 명명되었다.
'원래부터 마기에 물들기 시작했던 해골 광야.'
타이밍이 묘했던 그 광야에 마계 양치기의 피리와 채찍. 그리고 케르베로스의 시체와 마계 양치기의 채찍. 거기에 더해 아수라의 힘까지. 이 모든 것들이 한데 어우러져 하나의 조각을 완성시켰다.

-개방 히든 피스를 만족하였습니다.

그 모든 것들이 모여 '개방 히든 피스'라는 것을 만들어냈다.

'개방 히든 피스?'

히든 피스면 히든 피스지. 개방 히든 피스는 또 뭐란 말인가.

그 사이, JTBN 손석기도 뒤늦게 도착했다.

손석기가 귓말로 조심스레 물었다.

-혹시 어떤 상황인지 여쭈어도 될까요?

-마계 양치기랑 케르베로스 잡았어요.

-케르베로스요?

잠깐 고개를 갸웃했던 손석기는 케르베로스가 무엇인지 떠올릴 수 있었다.

'제국 몬스터 도감에 있었던……'

도감에 공개되어 있는 몬스터들 중, 최강을 논할 수 있을 만큼 강력한 몬스터라고 표현되어 있는 몬스터. 물론 제국 몬스터 도감에 수록되어 있는 몬스터보다, 수록되어 있지 않은 몬스터가 더 많다고 얘기는 한다. 그렇지만 개중 최상위를 다투는 최상급 몬스터다.

-몬스터 도감에 존재하는 그 케르베로스 말입니까?

플레이어들 앞에, 실제로는 단 한 번도 모습을 드러내지 않은 마계의 괴수. 혹은 지옥의 파수꾼이라고도 불리는 그 거물 몬스터?

-네. 그 케르베로스가 맞아요.

그때, 루펜달이 빠르게 손석기에게 달려가 영상 기록 스톤을 넘겼다.

새로운 유산

"아수라극천무는 못 담았어요."

아수라극천무나 아수라파천무가 펼쳐질 때, 그 영상을 제대로 담을 수 있는 플레이어는 흔치 않다. 재밍 현상 때문에 녹화 자체가 안 된다. 손석기 정도는 되어야 그 영상들을 겨우 담을 수 있을까 말까다.

"근데 중간 과정은 다 담았습니다."

루펜달이 후후후-하고 웃었다.

"우리 형님의 활약상을 전 세계에 잘 보여주시면 됩니다. 간지 나게 편집도 좀 해주시고요. 헬 하운드 킹? 블랙 헬 하운드 킹? 마계 양치기? 케르베로스?"

루펜달이 좌우로 손가락을 까딱까딱 흔들었다.

"말 잘하는 X밥과 킹 엠페러 똥개일 뿐."

그래 봤자 푹찍푹찍 푹억푹억 아닌가.

루펜달로부터 건네받은 영상 기록 스톤을 살펴보려던 손석기에게 계속해서 알림이 들려왔다.

-개방 히든 피스이므로 해골 광야에 존재하는 모든 플레이어에게 히든 피스가 공유됩니다.

-개방 히든 피스 클리어 보상은 모든 플레이어에게 공유됩니다.

-개방 히든 피스 클리어 보상의 공유는 균등 분배로 이루어집니다.

개방 히든 피스라는 건 그리 복잡한 건 아니었다. 온갖 조건들을 짜 맞추어(그 조건을 힘들여 맞춘 건 아니었지만) 만들어낸 히든 피스를 모든 플레이어들과 공유한다는 개념이었다. 마치 누구에게나 열려 있는 자유 필드처럼 말이다.

한주혁이 인상을 찡그렸다.

'모든 플레이어와 히든 피스를 공유해?'

제우스가 아무런 계획도 없이, 아무 생각도 없이 이런 것을 만들었을 리는 없다.

'지금까지의 상황을 돌이켜 보면……. 이건 나를 정확하게 겨냥하고 만들어진, 혹은 진행되고 있는 시나리오가 맞아.'

한주혁이 아닌 다른 사람이면, 이 히든 피스를 만족할 수가 없다. 거의 불가능에 가깝다. 오로지 한주혁만을 위해 설정되었고, 한주혁 보고 클리어하라고 저격해서 만든 히든 피스다.

'그런데 그걸 전체적으로 공개한다라.'

이 설정이 무엇을 의미하는 것인가.

'블랙 스톤도 쥐꼬리만큼밖에 안 줬으면서.'

단순 계산으로 쳐도 케르베로스보다 훨씬 약한 블랙 헬 하운드 킹 무리를 잡는 게 훨씬 낫다. 그랬으면 아무리 못해도, 정말 최악으로 설정해도 수백 개 이상의 블랙 스톤을 얻을 수 있었을 거다.

이건 아무리 생각해도 수지 타산이 안 맞는다.

-히든 피스 만족으로 인하여 '켈트의 진정한 유산'이 오픈됩니다.
-'켈트의 진정한 유산'은 던전의 형식을 따릅니다.
-그에 따라 던전 '켈트의 진정한 유산'이 활성화됩니다.
-'켈트의 진정한 유산'에 입장하기 위한 특수 조건이 선포됩니다.

 손석기도 같은 알림을 똑같이 들었다. 마계 양치기 레이드에 그 어떤 도움도 주지 않았지만, 그럼에도 불구하고 같은 알림을 들은 거다.
 '중국이 어쩌지 못한 거물급 몬스터인 마계 양치기와 몬스터 도감에 기록되어 있는 최상급 몬스터 케르베로스를 잡고 나서 활성화시킨 히든 피스인데…… 그게 왜?'
 지금 이 상황은 JTBN채널을 통해 실시간으로 공개되었다.
 눈치 빠른 몇몇 플레이어들은 이미 해골 광야로 향하고 있는 중이다.
 절대악이 만족시킨 히든 피스. 그것을 클리어할 수는 없더라도, 절대악 옆에 있으면 콩고물이라도 떨어지지 않겠는가.
 손석기가 한주혁에게 귓말을 걸었다.
 -수많은 중국 플레이어들이 해골 광야로 몰려들고 있다고 합니다.
 소문은 굉장히 빨랐다. 중국 플레이어들 수천 명 이상이 해골 광야로 향하는 워프 포탈을 탔고, 지금 실시간으로 그 숫자가 늘어나고 있단다. 과연 인구 14억의 인구 대국다웠다.

-그래요?

-예. 히든 피스에 어떻게든 한 발이라도 걸쳐보려고 하는 것 같습니다. 보상 자체가 균등 분배니까요.

예를 들면 이런 거다. 던전에서 1,000골드가 보상으로 주어졌을 때, 클리어 인원이 한 명이면 그 한 명이 1,000골드를 온전히 먹는다. 그런데 1,000명이 클리어하면 1골드씩 나눠 가진다.

-아마 수만 명을 상회할 것 같습니다.

한주혁이 피식 웃었다.

"그럼 우리는 이만 가자."

천세송도 가볍게 고개를 끄덕였다.

"응."

한세아를 비롯한 다른 일행들도 그 말에 별다른 의문을 제기하지 않았다. 한세아가 약간 투덜거렸다.

"장난 똥 때리나 봐."

괜스레 땅을 한 번 찼다. 더 정확히 말하자면, '켈트의 진정한 유산'이 활성화되어 있는 스팟을 찼다. 그 스팟 위에는 붉은색 크리스탈이 떠 있는 상태. 스팟의 이름이 '켈트의 크리스탈'로 활성화되어 있었다.

한세아는 혹시나 싶어서 다시 한번 확인해 봤다.

<켈트의 진정한 유산>

켈트의 진정한 유산으로 가는 길을 열어주는 크리스탈. 개방 히든 피스로 인하여 모든 플레이어에게 공개되어 있는 상태입니다. 누구나 활성화가 가능합니다. 활성화된 켈트의 진정한 유산에 인원수 제한은 없습니다.

이건 그런대로 괜찮았다. 그래, 활성화를 누구나 할 수 있다. 그런 것쯤이야 이해할 수 있다 치고 넘어갈 수 있다.
그런데 이게 문제였다.

활성화 조건 : 블랙 스톤 1,000개

한세아는 내내 투덜거렸다.
"아니, 활성화 조건이 뭐 이렇게 개 같아?"
천세송도 입술을 한 번 깨물었다. 어지간한 일로는 짜증을 부리지 않는 천세송도 이번에는 짜증이 많이 난 것 같았다.
'현실 나가면 제우스 욕 왕창 해야지.'
그래도 제우스는 이 세계의 신이다. 혹시라도, 자신이 말하는 걸 다 들으면 어쩌나, 그건 별로 안 무서운데 그것 때문에 오빠한테 악영향이 있으면 어쩌나 싶어서 욕은 못 했다.
'무슨 활성화 조건이 이따위야?'
우리 오빠가 힘들게, 힘들게 블랙 스톤 모으면 자꾸 시스템이 빼앗아 가는 기분이다. 여태까지는 그래도 쓰는 것보다 버는 게 더 많았다. 그런데 이제는 버는 것보다 토해내는 게 더 많다. 속이 쓰리다.

'그렇지만 반대로 생각해 보면……'

천세송은 아주 약간 생각을 달리해 보기로 했다.

'우리 오빠 외에는 그 누구도 클리어할 수 없도록 설계되어 있는 것 같은데.'

상세설명에 분명히 명시되어 있다. '플레이어'라고 말이다.

'굳이 플레이어가 아니라…… NPC라고는 해도 활성화 못 시키겠지만.'

NPC들에게도 블랙 스톤은 희귀한 보물이다. 그것을 저번에 확인했었다. 그런 의미에서 이 '켈트의 크리스탈'은 남자 친구인 한주혁을 제외한 그 누구도 클리어할 수 없도록 설정되어 있다.

'겉으로는 누구나 클리어할 수 있도록 해놓았지만 실상은 아닌 거야.'

천세송은 한주혁을 힐끗 쳐다봤다.

'그래서 오빠도 조바심내지 않고 일단 돌아가기로 한 거고.'

블랙 스톤 1,000개를 어디 사는 누가 감히 구할 수 있단 말인가. 1,000개는 한주혁에게도 벅찬 숫자다. 이번에 마계 양치기와 블랙 헬 하운드 킹을 잡아서 겨우(?) 120개를 얻었다.

이러한 사실들은 JTBN을 통해 보도되었다. 바로 이동한 플레이어들은 '켈트의 크리스탈' 앞에서 허탈한 듯 웃었다.

"아씨…… 방송 확인하자마자 달려왔는데……."

"이게 뭐냐?"

블랙 스톤 1,000개?

"절대악마저도 그냥 돌아갔네?"

"이건 절대악도 무리지."

이건 절대악도 못한다. 아무리 절대악이라도 1,000개나 되는 블랙 스톤을 가지고 있을 리 없으니까.

"너 같으면 1,000개 있어도, 이걸 여기 투자하겠냐?"

"그건 미친놈이지."

1,000개 있으면 평생을 펑펑 쓰면서 놀아도 충분히 먹고살 수 있다. 먹고사는 정도가 아니라 꿈에서도 누리지 못할 초호화 생활을 평생토록 할 수 있다. 자자손손 영원토록 말이다.

"방송이나 끝까지 볼걸."

절대악이 히든 피스를 클리어하러 들어갈 줄 알았다. 방송을 끝까지 보지도 않고 마구 달려온 게 문제였다. 방송을 끝까지 봤다면 이 말도 안 되는 활성화 조건도 알았을 텐데.

"아깝다. 절대악이 히든 피스 클리어할 때 옆에 있으면 보상도 다 공유하는 거잖아."

"그러게. 히든 피스 보상 좀 나눠 가지지. 어차피 우리 중국 땅이고."

"절대악이 그 정도 나눠 쓴다고 어떻게 되진 않잖아?"

중국 땅에서 나오는 보상. 그런 것쯤은 좀 나눠 가져도 좋은 것 아니겠는가. 무제한적으로 인원을 수용하는 히든 피스다. 나눠 가져도 된다.

"절대악은 영웅이니까."

그러니까 보상쯤은 공유해 주겠지. 시스템이 그렇게 정해놓았으니까. 그렇게 생각했는데 절대악도 포기하고 돌아갔단다.

플레이어 중 한 명이 투덜거렸다.

"우리가 이렇게 힘들게 올 줄 예상했으면 레드 스톤 같은 거라도 떨어뜨려 놓고 가지."

세계의 영웅이라면서. 이런 세세한 배려도 없는 게 짜증이 난 듯했다.

"일부러 방송도 늦게 내보낸 거 아닌가 싶네. 아, 몬스터 레이드 포기하고 바로 달려온 건데."

몇몇이 함께 짜증 내며 불만을 토해냈다.

절대악은 똑똑한 영웅이다. 이 상황을 모를 리 없다고 생각했다. 그런데 먹을 것을 아무것도 남겨놓지 않고 그냥 떠나 버렸다. 분명 블랙 스톤도 100개 넘게 획득했다고 하는데.

"예의상 블랙 스톤 하나라도 남겨놓고 가는 게 대의를 위해서 좋은 거 아니냐?"

무논리로 점철되어 있었지만, 그는 굉장히 화가 난 것 같았다.

그리고 몇 분 뒤. JTBN을 통해 기사가 하나 떴다.

-헬 하운드. 기적적 생존.
-한 마리의 헬 하운드에 의해 수천 명의 플레이어 몰살.

 어떻게 된 일인지, 헬 하운드 한 마리가 살아 있었단다. 그리고 그 헬 하운드가 '해골 광야에 모여들었던 플레이어들을 학살했다. 수천 명의 플레이어가 그 자리에서 사망했다. 더 놀라운 사실은 그 해골 광야에는 델리트 기능이 적용되어 있었단다.

-수천 명의 플레이어. 전원 델리트당하다.

 피해자는 기하급수적으로 늘어나고 있는 중.
 차를 마시면서 란돌이 물었다.
 "그런데…… 아수라극천무에서 헬 하운드가 살아남을 수 있을까요?"
 "……."
 한주혁이 자리에서 일어섰다. 있을 수 없는 일이다. 올림푸스에 접속해 봐야 할 것 같았다.
 '모든 몬스터들이 하나로 합쳐졌고. 마계 양치기마저 아수라극천무에 죽었어.'
 모든 공간을 통째로 공격 범위에 집어넣었었다.

'그런데 헬 하운드 한 마리가 살아 있다고?'

블랙 헬 하운드 킹으로 모이지 않고 도망쳤던 몬스터가 한 마리 살아 있었다고 생각해도 말이 되지 않는다. 광역 탐지에도 그런 건 잡히지 않았다.

한주혁이 말했다.

"불가능하죠."

광역 탐지에 잡히지 않는 특수한 능력을 가졌다면 모를까. 헬 하운드 주제에, 그게 가능할 리는 없다.

"그럴 것 같았습니다."

곳간 풍족자 란돌이 보기에도 분명히 그랬다. 헬 하운드 한 마리가 살아남았다는 건 말도 안 된다.

란돌이 여유롭게 말했다.

"무엇인가 숨겨진 것이 있겠군요."

to be continued

밥만 먹고 레벨업

박민규 게임 판타지 장편소설
WISHBOOKS GAME FANTASY STORY

바사삭, 치킨. 새벽 1시에 먹는 라면!
그런데 먹기만 해도 생명이 위험하다고?

가상현실게임 아테네.
먹고 싶은 음식을 먹을 수 있는 유일한 방법!

[식신의 진가가 발동됩니다.]
[힘 1, 체력 1을 획득합니다.]

「밥만 먹고 레벨업」

"천년설삼으로 삼계탕 국물 내는 놈이 세상에 어디 있냐!"
"여기."